遇见汪星人

YUJIAN
WANG XING REN

六沐雪 著

图书在版编目(CIP)数据

遇见汪星人 / 六沐雪著. —重庆:重庆出版社,2018.5

ISBN 978-7-229-13049-7

Ⅰ.①遇… Ⅱ.①六… Ⅲ.①长篇小说—中国—当代 Ⅳ.①I247.5

中国版本图书馆CIP数据核字(2018)第039669号

遇见汪星人
YUJIAN WANGXINGREN
六沐雪 著

插图作者:吕大小姐
责任编辑:周世慧
责任校对:李小君
装帧设计:刘沂鑫

重庆出版集团 出版
重庆出版社

重庆市南岸区南滨路162号1幢 邮政编码:400061 http://www.cqph.com
重庆出版集团艺术设计有限公司制版
重庆市国丰印务有限责任公司印刷
重庆出版集团图书发行有限公司发行
E-MAIL:fxchu@cqph.com 邮购电话:023-61520646
全国新华书店经销

开本:890mm×1 240mm 1/32 印张:8.625 字数:260千
2018年5月第1版 2018年5月第1次印刷
ISBN 978-7-229-13049-7
定价:36.00元

如有印装质量问题,请向本集团图书发行公司调换:023-61520678

版权所有 侵权必究

你有你的朋友，你的亲人，
你的生活。而我，只有你！

——大呆

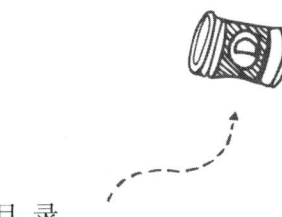

目 录

* 楔子 /1
第一章 * 春天的紫藤花 /6
第二章 * 一本正经的捣蛋者 /31
第三章 * 绝地出逃 /70
第四章 * 原来你是我的天使 /112
第五章 * 你就是"柯儿姐" /137
第六章 * "名模"大战 /173
第七章 * 艳遇惹的祸 /217
第八章 * 下辈子还想遇见你 /244

楔子

　　仔细想来,在这个世界上,对李耕晨真真切切不离不弃的,也就只有大呆了。

　　大呆任他招之即来,挥之即去,从不计较对它的粗鲁怠慢以及心灵的伤害,且无休无止地迁就着。

　　大呆这名儿是后来才有的,起初它只不过是流浪在荒郊野外的一只脏兮兮的小狗崽。

　　那是个夏天,李耕晨每次从学校接小姑娘回家的路上,经过一片绿油油的玉米地时,这巴掌大的小崽子就会从旁边蹿了出来,小尾巴时而高高竖起摇晃,时而紧紧夹在后腿之间,滴溜着黑黑的眼珠,屁颠儿屁颠儿地尾随着。

　　这时候,他家的小姑娘总会扭着小屁股甩着小马尾,跑过去逗趣小狗崽一会儿,田野上不时传来她银铃般的笑声。

　　李耕晨其实并不喜欢这种小东西,不仅是因为嫌弃它

2　遇见汪星人♡

脏，而且还觉得照顾起来是一件很麻烦的事。但李耕晨每每看到小姑娘这般喜逐颜开的样子，一种莫名其妙的幸福感在他的每个细胞里发酵膨胀。

没有人知道，这小狗崽究竟流浪了多久，浑身的毛毛参差不齐地打着小结结，看上去没有半点可爱的样子。可因为小姑娘的一见如故，在李耕晨的眼里，便觉得它勉强算得上憨态可掬。

这小姑娘从小就是个懂事的小精灵，这小狗逗归逗，却从未想过带回家去。因为她知道家里有点紧巴的条件也不允许她养宠物，也不愿给本已辛苦的阿爸徒增额外的烦恼。

没几天，小狗崽与小姑娘彻底熟络之后，就撒欢似的一直跟到小院门口，小姑娘每次都会低着头念念有词地跟它道别。小狗崽每次都会摆出一副强行挤进门去的架势，小姑娘总是眼疾手快地把它关在门外，而后背靠在门上，眼圈就红了起来，若是门外的小狗崽再哼唧几声，她的泪珠就吧嗒吧嗒地掉了下来。这是属于小姑娘的童话世界，在她的意念里这小狗崽无疑是她最要好的伙伴了。

这场景，起先李耕晨是假装没看见，可连着几日都这样，他一正儿八经的女儿奴，受不了小姑娘这剜心割肺的小模样。

这日，小狗崽又蹦蹦跳跳地黏到了门口，眼看小姑娘又要来一遍"生离死别"，李耕晨就说："等会儿，先别关。"

小姑娘"噌"地抬头看着李耕晨，漂亮的眼睛里布满了亮闪闪的渴望和惊喜。

"柯儿,告诉阿爸,你是不是想养它?"

李耕晨指了指一屁股蹲在地上,歪着脑袋正用乞求似的眼神望着他的狗崽儿。

被小姑娘无数次打压在心底的念头,一下子蹿了出来。她不住地点着头,却又低下脑袋,闷闷地说:"可阿爸照顾我,已经很辛苦了,小狗去咱家会惹您心烦的。小狗小时候吃的少,可等它长我这么大了就能吃很多,和我一样多……"

"阿爸是打不倒的小强呢,会挣很多的钱养活你的狗狗。"李耕晨打断了女儿的话,"柯儿,你只要告诉爸爸,你想不想养它?大声说出来。"

"想!"

小姑娘清脆嘹亮而又坚定的嗓音惊飞了院里柳树上的知了,在这夏日的傍晚拖出了一道铿锵有力的"吱吱"蝉鸣。

小姑娘欢天喜地地把小狗崽领回了家。

自此,她一手揽过照顾小狗崽的日常,半点儿也不用李耕晨操心。

屋里多了一条狗穿来晃去,这欢声笑语也就让家里多了很多不一样的生机。

小狗崽洗了澡之后,浅黄色的毛松松软软的,煞时好看了不少。李耕晨多看了两眼,女儿见状把小狗递给他试着抱一下,李耕晨缩了一下手,撇撇嘴道:"这长毛狗换起毛来忒麻烦的。"

李芃柯听到这话,心里生出些许不安来,生怕父亲变卦让她把狗狗送到荒郊野外去,顿时捂在怀中:"我……我不嫌它麻烦的，阿爸你不要嫌弃大呆。"

李耕晨其实早就听过女儿叫这狗崽的名字，可这会儿非要逗一逗小姑娘："哟，还起名字啦？"

小姑娘就格外认真地说："它是咱们的家人呀，当然要有名字啦。我是阿爸的大宝，它就是阿爸的呆宝！你看看它是不是很呆萌很可爱啊！"

李耕晨抬手轻轻向后捋了捋女儿的长发，笑着说："阿爸有你这个大宝就够了，大宝是我的，呆宝是你的。"

"那呆宝，会不会有一天消失呢？"小姑娘眨巴着大眼睛问。

"不会，有大宝看着呢！"李耕晨说。

"那大宝会消失吗？"小姑娘有点担心地问，"要是我消失了，呆宝又要住在玉米地里了，可秋天过后玉米地就会消失的。"

李耕晨呵呵一笑，说："不会，大宝有阿爸看着呢。"

"那阿爸会消失吗？"小姑娘轻轻地抚摸着大呆的头，盯着李耕晨的眼睛问。

"哈哈，当然不会呀，阿爸有大宝看着呢！就像大地有天空看着一样，永远永远不会消失。"李耕晨一本正经地说。

小姑娘抬头朝天空望了一会儿，若有所悟地点了点头，忽然"咯咯"地笑出声来。

第一章
春天的紫藤花

1

夕阳搁在远处高矮不一的楼宇间,将整个大地镀成一层暖黄。

紫藤花架下,一位六七十岁的老人,靠在长椅上打着盹儿,他的脚边,趴着一只看起来有些年纪的狗狗。对他来说,世间最美的风景莫过于紫藤花下的一人一狗,人生最幸福的事情抵不过一条狗狗的守望。

趴着的老狗,头还是努力地向上举着,它试图像往年一样聆听美妙的风声,或者恣意地享受微风滑过身上毛毛的感

觉。它时不时看一眼熟睡的主人,可它那半睁不睁的眼睛却远远不能像过去那般机灵而自然地开合,这景象深深地出卖了它此刻不济的精神头。

过了片刻,它扭头嗅了嗅主人的裤脚,又舔了舔他露在凉鞋外的脚指头,亲昵地将脑袋轻轻地搁在了老人的脚面上。

地上铺满了浅紫里泛着暖色的花瓣,在缕缕轻风的挑逗下微微地浮动着,带来些许春末特有的喧嚣,还有属于这傍晚的些许凉意。

开明小区的季春与以往甚至将来的若干个季春都没有什么两样,这把长椅上的老人所感受的季春却是不大相同的。只有他自己清楚一年紧似一年的心思随着繁盛花期的凋谢轮回,随风溃烂在小区的角落里。

紫藤上的花瓣,还在一如既往地有一瓣没一瓣地飘落着。此时,似是故意翻着筋斗而来的一瓣不偏不倚地盖在老狗黝黑发亮的鼻头上,引得它不由自主地打了几个响亮的喷嚏,把这淘气的花瓣喷得直打滚,然后轻轻地落在地面上。

老人皱着眉头睁开了眼睛,多少有些不快地瞪了他这身边的老伙计,真是不识时务地破坏了他的睡意。老狗似是充满歉意,便起身转圈抖了抖身上的花瓣,又走过来蹭了几下老人的腿,顺势蹲在了他的旁边。

老人见这老狗可爱的样子,脸上泛起慈祥而温暖的笑容。他想起住乡下老屋的时候,在这样繁花似锦的季节里,总会全家一起出门踏青,年幼的女儿总爱给狗儿编织各式各样的"草帽",有时是迎春,有时是柳枝,还有时是常青藤。

不管是什么材质，心灵手巧的女儿总能编出时尚的款式来。当然，最好看的要数这颜色不错的紫藤花做成的"帽子"。

说是帽子，其实也不过是一个简单的形状不规则的环而已，但女儿编得快乐，狗儿戴得欢脱，曾是那么明媚地点燃着他那些过往的春光，让他的生命也曾放射过他从未想象的奇光异彩。

后来为了女儿读书方便，他们从乡下的小院搬到了这个叫开明的小区，虽然还是会出来踏青，可因为女儿一年紧似一年的学业，这项煞有介事的年度重大庆春活动，由郊外改到了附近的公园里。

这本也没什么不好，可城里头到底不比农村，花花草草都是不允许随便采摘的。于是，狗儿踏春戴花环的特权就顺理成章地被取消了。

狗儿当然也感觉到少了很多趣味，一开始它也是不习惯的，仿佛一家人出游，它不戴个"帽子"不让芃柯折腾几下就不圆满似的。临走的时候，狗儿以它惯有的姿势，哼哼唧唧地坐到花坛那片长势正旺的迎春花旁，望着芃柯。芃柯乐得一屁股坐在旁边，和这蠢狗说了十多分钟的"五讲四美三热爱"，教育它要爱惜公共财物，做一个道德高尚的好"市民"。当时，看起来还能勉强算作中年男人的他，也常常为这场景笑上好一阵子。

这男人，就是李耕晨。而在他脚边趴着的，就是曾经从那片玉米地里蹿出来，撒娇卖萌才进了他李家院门的大呆——他宝贝女儿李芃柯的宝贝大呆。它和她曾如此斑斓地激活了他生命的快乐时光。

李耕晨温柔地抚摸着大呆的头，大呆眯缝着眼睛，也是一副很享受的样子。

李耕晨轻轻地叹了口气："唉，大呆啊，春天又到啰，可惜你柯儿姐不能回来啦，如果能回来啊，阿爸一定带你们去郊外踏青，让柯儿姐给你编个又大又漂亮的紫藤花帽子……"

李耕晨顿了顿，忽然又自言自语地否定道："不，编两个。一个戴在你头上，一个挂在你脖子上，好不好呀，大呆？"

大呆抬起头来，眼神亮亮的，"嗷呜"一声，晃动着尾巴。

李耕晨的眼睛眯成了一条缝，呵呵地笑着说："啧啧，好处都被你这小子占尽了嘛……"

可李耕晨笑着笑着，却皱着眉头把笑憋在了胸口。

过了好大一会儿，他终于落寞地叹了口气："可是柯儿姐学业忙完，忙事业，这次的劳动节又回不来了。唉……走了，大呆，咱们回去吃饭吧。"

李耕晨说着，霍然起身，他突然一阵头晕，脚步趔趄了几下，又扶着头坐了回去。早已起步在前面欢跑的大呆，见此情景，试探似的晃一下尾巴，又折返回来，望着李耕晨。

李耕晨闭着眼睛等缓过气来，又慢慢地站了起来，说："大呆呀，阿爸老啰，不经用啰。"

2

李耕晨家里头实在算不得宽绰,一个六十平方米不到的地儿,勉强分出了两室一厅一厨一卫来。

李耕晨睡门边的次卧,主卧是女儿李芃柯的房间,因为那个房间有个阳台,一向作为大呆起居的地盘。

自打李芃柯上大学之后,李耕晨从来没有忘记隔三差五地把女儿的房间和大呆的阳台打扫一遍,他格外想念女儿的时候,就会进去待一会儿,所以闺房里从来都是干净明亮着。平日里,门也是虚掩着的,就好像女儿还在家里上学时的那般从未离开过。

然而,家里头的伙食,却大大戳穿了"女儿还在家里"的这个谎言。

当年李芃柯在家的时候,李耕晨为了保证女儿的营养,那是变着法儿做吃的。顿顿都是荤素搭配,哪些是护肝益胆的,哪些是补钙撑个儿的,他倒是把营养调配得精细均衡。

现在,家里只有一人一狗,一日三餐他也就对付了起来。

今日也没有买菜,他就焖了一锅米饭,打算就着梅干菜草草吃完了事。

这头刚坐下,准备举筷,就听见大呆在厨房里大声地"汪"了一声。李耕晨抬眼一看,就见狗子在它的食盆前蹲成一副正儿八经的样子,见主人看过来,就伸着舌头歪着脑袋,抬爪一边拍了拍不锈钢盆,一边"嗷呜"着。

"啊哟，竟把咱家的大呆给忘记了。"老头一拍大腿，絮絮叨叨地起了身，"放心，少不了你的，这回没忘记你的饭。我特意煮了两大碗米呢！"

女儿在家的时候，照顾大呆的事儿，就从来没让李耕晨插过手。哪怕是忙得焦头烂额的各种考试期间，她也是半点不会忘了大呆的，还时不时做些窝窝头之类的玩意儿给它加餐，这可是李家其他成员从未享受过的待遇。即使是在上大学住校，她也会抽时间回家给大呆弄些好吃的。狗狗在人间的幸福，莫过于有个知冷知热的主子。

好在那时上大学是在同一座城市，与家不到一个小时就可以有一个来回的距离。可她一北漂，照顾大呆的事便是有心也无力了，总不能把大呆带到千里之外的京城。

于是，照顾大呆的重任，便无可替代地落在了李耕晨的身上。

以往，李耕晨照顾女儿也算得上无微不至，可女儿离开后，就似乎越来越有健忘的情形。一段日子里，他时不时就想着只有自己一个人吃饭了，就少煮点儿，结果临到吃饭的时候，老人和老狗大眼瞪小眼。最终谁都吃不饱，也是常有的事儿。

煮饭这事儿吧，李耕晨也就一两个月前才终于彻底地反应过来，这一人一狗终于告别了吃不饱的日子。

大呆不像那些富贵人家高贵的狗子，整天对着主人从国外代购回来的非转基因美食挑三拣四的没个狗样，一副讨打的样子。大呆在小区就亲眼见过一只狗狗，娇宠地躺在主人怀里，见主人喂来香喷喷的洋食物，还躲来躲去，它似乎很气愤，斜视着那狗狗好大一会儿，直到自己嘴里的哈喇子快掉下来时，才让舌头机智地一卷，避免了一场在同类面前的糗事，便怀着一副"关我屁事"的想法走开了。大呆不挑食倒是真的，基本上是人吃什么，它也跟着吃什么，哪怕青菜汤拌饭也能吃上一盆。但是，就是不挑食的大呆，它也有不吃的东西，比如，李耕晨今天做的咸菜。

李耕晨曾经因此差点揍它，可女儿拦着，说什么也不让打，说人有喜好，猫狗也是一样的道理。

李耕晨见她如此护着大呆，其实心里还是蛮气的。可女儿转头又来宽慰他，说一些大呆需要养生的俏皮话，他心头一软，也就答应了女儿，允许大呆有挑食的权利，从此便彻底打消了逼着大呆吃咸菜拌饭的念头。

可眼下只有咸菜，总不能让大呆吃白饭吧……

忽然，李耕晨灵机一动，就去翻找着灶台上方的小柜子。

没多久，李耕晨就从里面择出一个罐子来。开火热锅，李耕晨就打开了罐子，里面是满满的一罐雪白的膏体。

这是他几天前上街买的新鲜板油，小火慢熬出来的猪油。前天他和大呆分吃了油渣，也算是开过了荤，所以这猪油他就一直没动过。

李耕晨回头笑骂了大呆一句："便宜你了！"

李耕晨挖了一小勺放在锅里。等油化开，芳香四溢，李耕晨就忍不住直咽口水，最后想了想，就又挖了一大勺进去。

听得一阵滋啦啦的化油声后，李耕晨满意地关小了火，而后转身打算去拿米饭。

李耕晨无意间一回头,就看见大呆正两眼亮晶晶地看着他,愉快地摇着尾巴。他夸张地用鼻子吸了吸,做出一副很是陶醉的样子,说:"乖,这比肯德基香多了,别急。一会儿拌好咱们就开吃!"

这是它们与人类最易沟通的一个动词,因此大呆对这个"吃"字还是比较敏感的,按惯例这个字从主人的嘴里吐出来就该是马上开饭了,大呆兴奋地将前腿搭在了李耕晨的身上,整个身子像人一样立了起来。一边晃尾巴,一边叫:"嗷呜~汪!"

以前芃柯在家的时候,大呆的这种闹法是惯常的现象。尤其是芃柯放学回来,一开门,这狗儿便叼了拖鞋过去,然后就兴奋地直往芃柯身上扑。芃柯知道这是大呆的开心状态。

然而,大呆进入李家的这许多年里,这么亲热地扑腾李耕晨,却还是第一次。

以往,李耕晨就凭大呆的这个动作就足以判定它不喜欢他这个糟老头子。这会儿,它如此热情,还真叫他有些受宠若惊。

李耕晨拍了拍大呆的脑袋:"好啦好啦,再等一会儿。原来一顿猪油拌饭就能收买你了。"大呆似乎没有要下去的意思,李耕晨就推了它一下,上前顺便把自己盛好的那一碗也一并倒进了热油里。

只听"滋啦"一声,白米饭和浓香的猪油产生了亲密接触。李耕晨飞快地挥动手中锅铲,争取让每一个米粒儿都沾上香香的猪油。

这一道猪油拌饭,曾是李芃柯小学时代的最爱。那时候家里头也实在是不宽裕,时常就有买不起菜的日子,但是猪油却是能存住的。每当到了没菜的时候,父女俩就做猪油拌饭吃。

热乎乎的猪油,香喷喷的米饭,撒点儿小葱花,他的宝贝柯儿能吃好几碗。

拿起盐袋来,李耕晨转头对一直蹲在那儿急等的大呆道:"可惜你不能吃葱姜蒜。有葱的猪油拌饭才好吃呢!"

拌饭做好之后,李耕晨给自己盛了一碗放回桌子上,刚出锅的猪油饭,透过瓷碗传过来的热度,烫得他这手上有厚茧的人都觉得有些吃不消,何况大呆呢。

再回到厨房的时候,李耕晨站在灶台边,拿着锅铲拨弄着锅里的饭,希望凉得快一些。

李耕晨曾听村里的老人说过,以前偷狗的人啊,就是拿一根煮好的烫烫的萝卜丢给狗。狗分不清凉热,一口咬下去,牙齿烫得都要落下来,偷狗的人就不怕它咬人了。

那时,李耕晨觉得这些奇谈怪论多半是杜撰的,可自从照顾大呆之后,他觉得宁可信其有不可信其无了。毕竟,这大呆是女儿的心头肉,女儿又是他的心头肉,这冷热自然是来不得半点闪失的。

大呆显然是完全不能理解主人这番良苦用心的。

它见李耕晨久久没能解决它的肚子问题,大约是饿得很了,便着急地在李耕晨身后来回踱步,每走两圈,就要朝李耕晨"汪"上一声。

李耕晨回头安慰了一句："别急。"

可大呆稍事安静了一会儿后，又站在那儿起劲地叫着，一声高过一声，看那架势没有停下来的意思。

李耕晨想，决不能放任它这种坏脾气，便转身拍了一下它的脑袋，板着脸说："不许叫！"

大呆见状，"嗷呜"地把声音压了回去。

李耕晨看到大呆满是委屈的眼神，不由得放柔了语气："大呆乖一点，饭马上就好了。这里可不像那荒郊野外的玉米地，乱叫扰民是要出大事的！"

3

李耕晨所说的"出大事"，虽然有些危言耸听，却也不是空穴来风。

早在芃柯高考那年，也不知因为什么，大街小巷贴了很多不许养宠物狗的告示，街头和小区带着红色袖标的打狗队神出鬼没，时有打死流浪狗的消息在街头巷尾议论。听说打狗队员都是些社会闲散人员组成的，打起狗来要多狠就有多狠。

李耕晨起初也是不怎么当回事的。小区里狗子多了去了，很多听说都是价格不菲的名品种。有些甚至都是当儿子女儿养的，哪能说打就打的。

这禁令并没有打乱李耕晨固有的遛狗时令表，冬天是朝六晚五，夏天是朝五晚七。

  但有一天傍晚，李耕晨带着大呆遛弯的时候，见到了那个所谓打狗队对一只常来小区闲晃的野狗穷追猛打，表现出了很高的职业造诣。一个拿着竹竿上绑有网兜的人，在狗子没命的逃窜中，只见他抢前一步，竹竿往前一伸，兜头套住了狗子，另一人上去就是一闷棍。那狗子挣扎了几下，拿棍子的人见狗子有点顽抗的样子，又吆喝着给了它结结实实的一闷棍。

  狗子发出了垂死的呜咽，而那些打狗队员一个个咬牙瞪眼，不时地补上一棍。他们以胜利者的姿态，手叉着腰，津津有味地谈论着刚才激烈追击的场景，大有炫耀一桩正义事业的感觉。

  彼时，大呆还在一片树丛里东嗅嗅，西闻闻，丝毫没有觉察到自己的危险。

  可是，看了整个过程的李耕晨，却吓了个魂飞天外。

  "大呆！来！来！大呆！"

  李耕晨明显感到了事态的严重性，他不停地朝着大呆招手，又抖开了散步时一直拿着但却从来没用过的绳子——之前在乡下的时候，他们家都是任由大呆自在玩耍的。

  到了城市里，这地方蜘蛛网般交错的马路，像结群的蚂蚁一般穿行的人流，李芇柯怕大呆走丢了，或者有个被撞车之类的什么闪失，就给它买了这么一根带着项圈的绳子。不过，因为大呆常常在李耕晨后面跟得很紧，掉得最远的时候，大概也就五十多米，而且绝对都会在他的视线里晃悠，所以这绳子从来就没有派上用场。

　　大呆有时也看着小区狗伙计们脖子上的绳子发愣，或许质疑着这些主人们对它们的不信任。都说，狗是人类最忠实的朋友，而人是狗类最忠实的朋友么？回答当然是否定的，这绳子已经说明了一切。倘若有朝一日风水轮流转，狗成了人类的主子，把这绳子套在人类的脖子上，这可爱的人类会做何感想呢。如果下辈子大呆成了李家的主子，它是无论如何不会使用绳子的。

　　可这一回，大呆就没那么幸运了，看来是不得不用上这根绳子了。这并不是主人的心境有什么变化。大呆有必要懂得人类一些不合常理的行为逻辑，主人手上的绳子用与不用是大有学问存在的。

　　趁大呆飞奔回来的间隙，李耕晨瞄了一眼远处，正好看见那狗子两腿一伸，就再也没了动静，其中一人将它一把拎起，血水便顺着狗子的嘴里淌成了一条线，淅淅沥沥地滴落在地上，像是一幅神奇的地图。

　　李耕晨再也不敢往下想，如果刚刚被打的是大呆，他会怎么样呢。他的大脑里只是这么一闪念，手就抖得厉害。

　　大呆一走到他的面前，他就下了道指令："坐下。"

　　这么多年，大呆虽然没有被训练成能做算术会画画的"天才犬"，可是诸如"坐下"、"握手"、"吃饭"等等日常生活的指令，它还是能听明白的，并且每次都能十分乖巧地照做。

　　然而，这一次，大呆却完全无视李耕晨的指令，耳朵时而垂下时而竖着,不断地朝打狗队那边张望,鼻子也"噗噗"有声地翕动起来。

那被打的狗子跟大呆虽然算不上要好的伙伴,但它们毕竟有时会在开明小区门外的广阔地带相遇,在偶尔脱离主人视线的时候,大呆会跟它结伴疯跑到不远处的小山丘上玩耍一通。

大呆的嗅觉灵敏,李耕晨清楚地知道它已经闻到了那边狗子散发出来的血腥味儿。

李耕晨赶紧换了个方向,用身子挡住了大呆的视线,而后蹲下来想去抓大呆的项圈。

可这个时候,大呆却忽然扭头避开,而后一个闪身,整只狗前腿伏地向前蹦闪出两步,朝着那打狗队的方向龇牙,喉咙里也开始发出低沉的咆哮之声。

李耕晨不明白,大呆是受到了同伴血腥味的刺激,还是纯粹、敏锐、本能地讨厌那不共戴天的打狗队。

然而,不管是哪一种,李耕晨知道,他现在要做的就是阻止大呆看似疯狂的举动,并在引起打狗队注意之前将它顺利地带走。

"大呆!坐下!"这次,李耕晨加重了语气,声音里也有了呵斥的意味。

可大呆充耳不闻,还是目不转睛地盯着那边,顷刻又蹦跳着直接狂吠起来。

"你这是作死呢!"

李耕晨着急地揍了自己的大腿一巴掌,蹲下身就摸上了大呆项圈上的扣子,打算将绳子直接扣上去,把大呆强行带离这个是非之地。

然而,系扣子的时候,大呆才不配合呢,头总是忽而左忽而右地闪躲着,死死盯着那边的打狗队员。李耕晨慌神的手,颤抖着怎么也对不上那个该死的扣眼。

大呆的夸张举动,终于成功地引起了打狗队的注意,他们犀利的目光带着那只狗子的血腥气扫射过来。

"队长,那边还有一只!"

那被唤作队长的人一摆手不耐烦地说:"老子又没聋!"

李耕晨听到这句话,急得抬手猛拍了一下大呆的头,咬牙道:"不许叫了,找死呢!"

大呆大概明白了李耕晨的意思,倒是不狂吠了。可是喉咙里依旧保留着"呜呜"的低沉咆哮声,并且对着百米开外正走过来的几个人龇牙。

看来大呆也快要成为打狗队棍棒底下的鬼了。

李耕晨眼泪都差点迸出来了——大呆可是他女儿的心尖尖,若是今天出了事,他可怎么向女儿交代呢?现在女儿又是在准备高考的关键时刻,考得怎么样,那是关系一辈子的事。

忽然,李耕晨急中生智。索性也不扣项圈了。绳子直接在手腕上一缠,而后抄手就抱起了大呆。

大呆挣扎了两下,被李耕晨在屁股上狠狠地揍了一巴掌,李耕晨感觉到这重量挫到了大呆的锐气,它的整个身子都哆嗦了一下,还痛苦地哼唧了一声。

李耕晨心里也跟着震颤了一下,但大呆总算是老实了,他抱着它直往家的楼道小跑而去。

李耕晨一口气抱着大呆上了三楼,开门直接拖着大呆上了李芃柯卧室里的阳台,他把狗子拴好。

李耕晨屏住气息,等楼道杂乱的脚步声过去之后,他才一屁股坐在旁边的地板上跟大呆讲起道理来。

"大呆啊,阿爸要和你说个事。"

许是李耕晨那重重一巴掌的缘故,大呆像泄了气的皮球趴在阳台上,眼珠子一动不动地盯着前脚,不时地动一下耳朵,根本不理睬旁边的李耕晨。

李耕晨故意捏了捏大呆的耳朵,力道让它有似痛非痛的感觉。

然而,即便李耕晨把大呆的耳朵扯得老长,它也没事似的不做任何反应。

李耕晨在大呆的旁边絮絮叨叨了好一会儿,它才晃动头咬着绳子摆弄起来。

这晚,李芃柯从学校回到了家,李耕晨跟她说了开明小区里最近有打狗队,要把大呆关在家里的事儿。但他并没有提及今天亲眼目睹那血腥残忍的一幕,他不愿让自己心肠柔软的小姑娘受到哪怕一丁点儿的伤害。

李芃柯像李耕晨一样,对进小区打狗的做法持有异议,觉得那是太不人道的行为。

李芃柯抬头问道:"阿爸,天天把大呆关在家里,它会不会不舒服呀?还有上厕所之类的,这些怎么办?"

平日里，大呆要大小便时，它自会在门边转圈哼唧，等主人开门后，疯跑到垃圾桶附近完事后，主人收起随手扔进垃圾桶里，这才算是完成了整个流程。李芇柯担心上厕所的问题不无道理，她想到的是没有细心照顾过大呆的父亲，若是看到大呆在家里大小便，一定会嫌弃。

李耕晨一本正经地说："生死之外无大事，只要能活着就是好的。我会在家里好好照顾大呆的，你就安安心心迎接高考吧，好不好？"

这是李耕晨第一次十分正面地向李芇柯提出要照顾大呆，她当然打心底高兴。

原以为，只要大呆老老实实待在家里，不问外面是非，便是安然无恙的了。可人算不如天算，素来自由惯了的大呆，忽然有一天被如此禁锢起来，自然是不乐意的，它或许深深地感到了人类给自由带来的恶意。大呆时不时不信邪地"嗷嗷"抗议起来。尤其是李芇柯不在的时候，它一听到外面的风吹草动，就要嚎叫好一阵子。李耕晨试图阻止它，可他一开口，大呆就越是嚎得来劲，大有掀翻天花板的架势。

李耕晨怀疑这家伙还在记着那一巴掌的"仇"。最让李耕晨担心的是，这大呆既不上厕所，也不吃饭，要是落下了病根，可没法向女儿交差。更让他生气的是，他拼死拼活抱着这又蠢又沉的狗子一口气上三楼，好不容易逃离打狗队，现在又关在家里，不就是保住它的小命么，可它竟然不识好歹，还要上脾气玩起绝食的把戏来了。

三天过去，整只狗都有些蔫儿了。

李芃柯回家发现大呆这副模样，心里颇为着急，一问才知大呆竟然三天都没有上厕所的。李芃柯明白了，大呆是个爱干净的主，不愿意在家里上厕所，这嚎叫是要李耕晨带它下楼便便呢。

这确实让李耕晨犯难了，楼下时不时有虎视眈眈的打狗队啊，没准儿就会撞个正着。

可大呆也不能一直不上厕所，不吃东西啊。

没有起夜习惯的李耕晨思来想去，最终拿定了主意："算了。我以后每天半夜遛它。我就不信打狗队的人会敬业到一天二十四小时不睡觉，就不信大呆的运气会这么差。"

李芃柯虽然觉得这是个好主意，但她十分担心，时间一长，父亲的身体会受不了："阿爸，夜里还是我来吧。"

李耕晨说："你一个姑娘家大半夜跑出去干什么，打狗队员打狗就像狗拿耗子一样又不是啥正式职业，他们撑不了多久的，不过是一阵风头。柯儿啊，你别担心了。好好复习吧。啊！"

李耕晨说服了李芃柯，当天晚上就让大呆睡在了他的房间里，然后自己定了一个十二点半的闹钟。

闹钟一响，起床遛狗。

下楼之后，李耕晨发现，这小区里的聪明人果真不止他一人。夜色中的小区，静悄悄地，不同方向的小道上影影绰绰地出现不少"狗友"，手中像李耕晨一样攥着一根连接狗脖子的绳子，梦游般遛上一圈。

遇上认识的，李耕晨就如白天那样地上前寒暄。大家晚上出门，精神头都不怎么样，但是说的话却不见得比白天的时候少。

那天打死野狗的情景，并不是只有李耕晨一人看见，"狗友"们纷纷抱怨打狗队太残忍。一直照料那只流浪狗的老太太，说着说着眼圈就红了起来，于是大家又安慰起老太太，顺便夸了夸她手里的京巴，气氛才渐渐好转起来。

狗们除了跟伙伴们嗅嗅味互相致意以外，还会奇奇怪怪地看着夜色中的主人们神神秘秘的神态，它们永远不懂主人为什么让自己憋到半夜三更才出来便便，它们或许怀疑主人们已经开始变蠢了。它们永远不会明白，人类有很多诸如尿尿之类光明正大的事，却要在鬼鬼祟祟的状态完成的。当然，它们无需明白，它们只需便便后一身轻松的欢愉就足够了。

"狗友"们之后的话题，又回到了哪家的狗多聪明哪家的狗多捣蛋上。

李耕晨一向觉得大呆不是最聪明的，也不算太捣蛋的那种，所以也没有多少心得值得拿出来跟他们分享交流。

李耕晨晃动了一下狗绳，大呆会意，便恋恋不舍地跟在他的屁股后面回了家。

很快，大呆的生理规律被调整过来，吃饭恢复了正常状态。可是，令李耕晨恼火的问题又来了。

以往的清晨，如果大呆已经醒来的话，李耕晨换鞋穿外套要出门时，它总会兴奋地叫唤。可现在李耕晨带它起夜的时候，它完全不懂得夜起的意义所在，也不识时务地叫唤着,这大半夜的,难免会惹来小区居民的反感。

李耕晨曾试过轻手轻脚地先起床穿好再叫大呆,可这家伙的耳朵灵敏得很,他刚从床上坐起来,大呆就神经质似的支起头,炯炯有神的眼神滴溜溜地直转着。他一翻身下床,大呆的四根小腿就"哧溜"一下站起,摇头摆尾地冲到他的面前。等他刚换完鞋的时候,大呆就开始"呜汪呜汪"地叫了起来。

李耕晨也曾试过和衣而睡,以便减少起床的响动。然而这丝毫没有影响到大呆叫唤的兴致,只不过是,在他一开门时,大呆把"嗷嗷"声从屋里移到了门外的楼道上。

不出三日,李耕晨就让人给投诉了。李耕晨得到扰民的警告时,内心着实有点崩溃的感觉。让他倍感不幸的是,开明小区的物业部派了门卫老张带着打狗队直接找上门来。

那日正好是星期天,李芃柯也没有去补课,在家忙里忙外给大呆蒸蔬菜鸡脯肉的杂粮窝窝头呢。锅里的食物香味儿一阵阵涌了出来,弥漫着整个屋子。

大呆跟在李芃柯的屁股后面转着圈圈,高高竖起的尾巴摇得格外欢畅,还特别坦然地把哈喇子顺着嘴角落在地板上,笑得李芃柯差点儿直不起腰来。家有蠢狗欢乐多,狗狗的这种或先天或故意的蠢劲,向来就是博取人类宠爱的原因之一。

大呆迎合主人的逗趣,这是属于他们一家子的每周最快乐的时光。

敲门声就在这个时候不期而至。

一向都是先看猫眼再开门的李耕晨，这次却神差鬼使地先打开门来。

李耕晨满是笑容的脸，在门"吱呀"一声打开的那一刻，像一幅生动的油画一样僵在门的画框里。

"老张，你怎么来了？"

李耕晨话是这么说，眼睛却死死地盯着传达室老张身后那两个穿着蓝色工装衣服的人，他不会认错，这就是那天打死那只野狗的刽子手，相传是打狗队里的最佳打狗能手。

李耕晨站在门中间，右手把门往身边拉了一下，冷冷地看着他们，大脑像马达一样高速地运转着。

他的小姑娘听见外屋的问话，在厨房里大声地问："阿爸，来客人了吗？几个？"

懂事的小姑娘听爸爸这问话的口气，自己是要准备给客人泡茶的。

门卫老张略微有些尴尬，挠了挠后脑勺，说："老李啊，那个……那个有人投诉说你家的狗实在是太吵了……"

"吵没吵我自己知道呀，然后呢？"李耕晨冷着脸，声音压得极低，"你带这些人来是什么意思呢？"

厨房里的小姑娘见李耕晨没有回答自己的问话，就对大呆说："大呆，拖鞋，拖鞋给阿爸！"

傻狗"叮叮叮"地跑过来，走到门边鞋柜，"噉呜"一口叼住拖鞋，一屁股坐在了李耕晨脚边，用讨要夸奖的眼神望着李耕晨。

李耕晨看了一眼这蠢狗，气不打一处来，低头就用脚把大呆往边上拨了一下。低斥道："回去！"

大呆眨巴的眼睛里，顿时一层层地布满了委屈和不解。

李芃柯关了灶火出来，正好看见李耕晨把大呆拨到一边的场景。小姑娘看父亲堵在门口，没有让人进来的意思，一头雾水地愕然起来。

李耕晨发现女儿站在身后，就给了大呆一个安慰的眼神，而后说道："柯儿，你先带大呆回房里去。"

说完这句，李耕晨穿着拖鞋就直接出去，顺手带上了门。

门关上的那一刻，李芃柯一眼瞥见了外面的人，那一身代表正义的蓝色工装，让她心里也就明白八九分。

门外打狗能手的毒眼，自然也是看见了叼拖鞋的大呆。

"家里地方小，就不请各位进去坐了。"李耕晨的语气很淡。

李耕晨自打来这个小区之后，也想着做一个本本分分的文明市民，一直都是和和气气的样子，没事脸上也是带着三分笑容。

事实上，李耕晨原本也算不得是什么讨喜的性子，几句话说不投机脾气就会上来。在拥有女儿之前的很长一段时间里，他一直保留着这种秉性。不过，自从有了女儿之后，他的日子似乎春风般地活跃起来，刚搬来开明小区之初，人小鬼大的女儿也总是提醒他要好好和人相处，他也就慢慢地和善了起来。

可现在，眼前的人是来干吗的？在李耕晨的意念里，这些人就是随便找个理由来挖他女儿的心头肉的。这叫他没法再和善下去了。他板起了面孔，还故意挺了挺腰板，竟比那三个人都高了半个头。往日里那股子和蔼可亲的劲儿荡然无存。

面对李耕晨的脸色，整天抬头不见低头见的门卫老张，实在是想找个狗洞或地洞钻了进去。这时，打狗队员走上前来。他们也不直说要弄死大呆，只是说大呆干扰了居民的正常休息，以讲究社会公德的名义要将它带走圈养教育。

李耕晨心里清楚，这些自诩站在道德制高点上的打狗队员，一旦大呆被带走，那可多半是肉包子打狗回不来了。

李耕晨就"我家的狗到底要不要打狗队的人来教育"这一论题，和打狗队的工作人员进行了长达二十多分钟的激烈辩论。

说到激动处，李耕晨几次差点还使用脚下的拖鞋和门口的扫把等道具。

从打狗能手的嘴里得知，打狗是为了配合文明城市的评比。可李耕晨事后多方了解，既不是告示上所说的不让养宠物，也不像打狗能手妄言的那样把狗一律除掉，文明创建办公室是说要规范养狗秩序。人类有了像打狗能手这种歪嘴和尚，好好的经就被他们念得荒腔走板。

最终，这场辩论赛以李耕晨拒不开门而平分秋色，但事实上，李耕晨也是有损失的，因为大呆扰民，打狗能手给他开了两百块钱的罚单。

对于这一结果，李耕晨还是十分乐意接受的。

不过，自打搬到这小区之后，一家就靠李耕晨领的退休工资生活，算不上捉襟见肘，却也是需要精打细算地过活。这两百块一出去，家里头基本上一个月就不用吃肉了。

李耕晨自己吃不吃肉倒是没有什么，可女儿正在备考阶段，营养是一点也不能缺的。

李耕晨打发走了打狗能手们之后，心里也说不上有什么喜悦可言，他满面愁容地回到了屋里。

李芃柯早就机灵地把大呆关进了卧室里，现在她看到父亲进来，门外的人散去，知道危险的警报已经解除，她像迎接打了胜仗的将军一样，欢呼着冲上来，给李耕晨递上干净的拖鞋，端来温开水。

李耕晨见女儿这般欢欣雀跃，那两百元在他账面上捅开窟窿的郁闷，也就烟消云散了，脸上的笑容一层层地浮现起来。

大呆听着门外主人们的笑声，也激动得在房间里"嗷嗷"地附和着，狗爪哗啦啦地挠着门……

第二章

一本正经的捣蛋者

4

大呆哗啦哗啦拨弄食盆的声音,将李耕晨从那段惊心动魄的回忆里拽了回来。

那些或开心或生气的过往,此刻都演绎成了饶有情趣的画面,濡染着李耕晨的眼眸,他亲昵地拍了拍大呆的脑袋:"等着。"

李耕晨用筷子尝了一下锅里油汪汪的米饭,确定已经不烫嘴了,便给大呆打了满满的一盆。

这一顿,一人一狗把这香气四溢的油炒米饭吃了个精光。

饭后，李耕晨摸了摸大呆圆鼓鼓的肚子，又点了点大呆的鼻子："当初为了你这小闯祸精，可真是费了不少事啊！"

大呆耷拉出舌头不时舔着留在嘴边的余香，用它那圆溜溜的黑眼睛瞪着李耕晨，而后又上前一步，伸出舌头舔了李耕晨的手心。

李耕晨被大呆这蠢萌的模样逗乐了。

"也难怪柯儿总是偏心你啊！"

大呆坐得端正，只是不明就里地看着李耕晨。

李耕晨愉快地拿出牵引绳，带它出去散步。

这一次，李耕晨还刻意遂了大呆的愿，让它多走了一阵，看它确实玩得尽兴了才往回走。

这晚，李耕晨跟大呆有一句没一句寒暄完毕之后，感觉深深的睡意袭来，他安顿好大呆，便早早地上床睡了。

在睡梦里，李耕晨只觉得有一个软乎乎肉滚滚的东西顶在他的脚心，这种痒痒到心窝的感觉，仿佛三月暖阳里忽然吹来略微有些寒意的风，让他的灵台都瞬间清明了几许。

李耕晨隐约意识到了点什么的，但他懒得掀开那似有千斤重的眼皮，就缩了缩脚，希望将那几许清明赶得远远的，继续他的周公之约。

然而，那软糯濡湿的痒痒感，却如影随形般又贴上来，干脆利落地将他的睡意扯开了一个大口子，让他不得不醒了过来。

李耕晨睡眼蒙眬嘀嘀咕咕地拉开了灯，看见大呆正用它

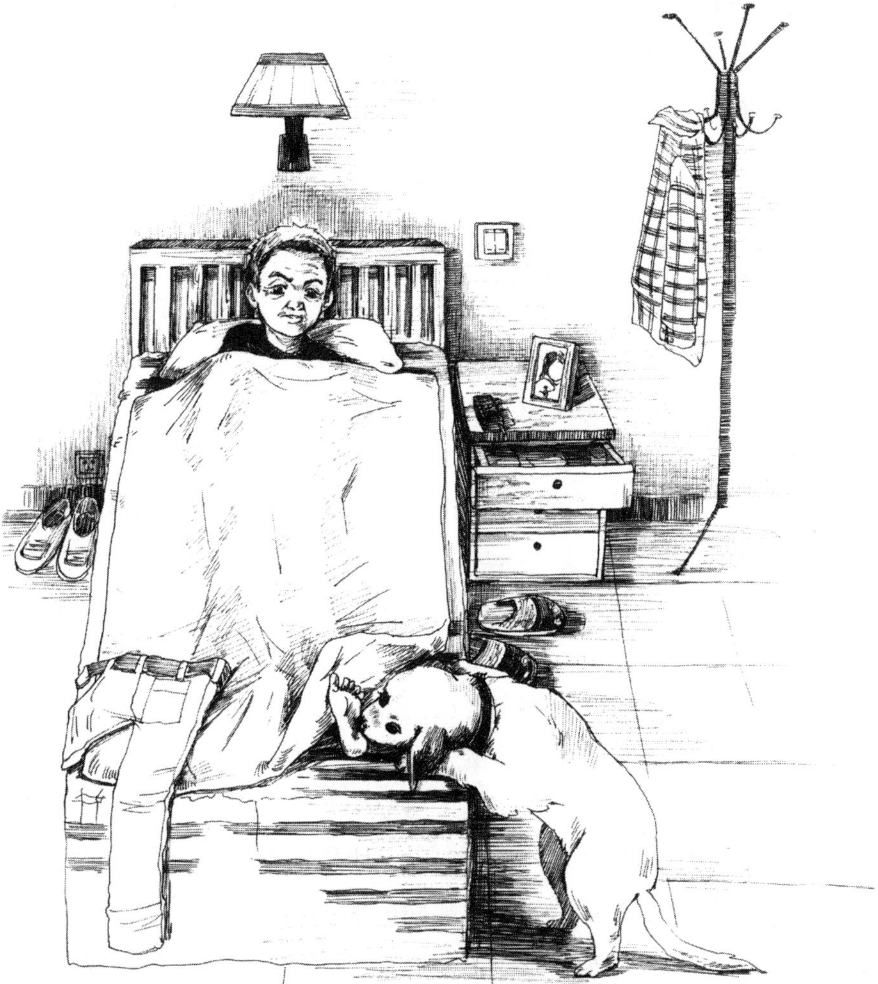

那水润发亮的黝黑鼻头，在他的脚心一本正经地捣鬼呢。

他瞥了一眼墙上的挂钟，凌晨三点半。

李耕晨觉得自己气得胸口有些发闷。他瞪着大呆，好半天都没有说出话来。

大呆见主人从被窝里伸出头来，便欢快地摇着金黄色的尾巴跑上去，拱着嘴伸出舌头想凑上来舔舔李耕晨的嘴唇。

李耕晨正在气头上呢，一把推开了大呆的头，板脸低声呵斥："去去去，你这蠢货！到底还让不让我这老头子睡觉了?！你整天就只知道傻玩，早晚都不分了你。"

自从李芃柯远离家门之后，大呆也不怎么乐意在它自己的地盘上待了，看样子是觉着独守空房是一件了无生趣的事，它总是喜欢蜷在李耕晨的床边睡下。

一开始李耕晨还是受宠若惊的，一扫过去印在他脑海里的白眼狼印象，觉得这狗还是懂得知恩图报的，那些细心照顾的功夫总算没白费。

毕竟当年有打狗队的时候，为了大呆大小便半夜爬起来遛狗，为了不影响女儿高考复习期间的睡眠，李耕晨也曾将大呆睡觉的地方强行搬到自己的卧室来。可这家伙就是不大乐意，很多时候，李耕晨醒来发现，它已经躺在了女儿房间外的小地毯上。

可在这几个月，大呆的白眼狼印象又重新在李耕晨的脑海里翻腾起来。像人类一样睡同一个屋子往往并不代表情感的升华，这家伙热心来屋子跟主人做伴俨然不是他想象的那般知恩图报，这家伙仿佛只是为了接近，然后耗尽一切精力佯装热情专门折腾他，它总是在深更半夜起来鼓捣各种恶作剧，直到把他沉重的眼皮弄开见到亮光为止。

起初李耕晨以为是大呆不舒服，或者饿了渴了。可把加餐的食物放在它的面前，它却是一副索然无趣的样子。

至此，李耕晨彻底明白，大呆的动机很纯粹，就是想把他弄醒而已。这情形有着愈演愈烈的态势。在接下来的日子里，大呆不是用嘴在他耳边哈气，就是把那金属脸盆摆弄得哐哐作响甚至原地打转，更要命的是，有时候一晚上要折腾好几回。

李耕晨已经记不起自己最后一次睡个好觉是什么时候了。这对一个健康指数起伏不定的老人来说，实在不是一件好事。

李耕晨当然也训过大呆好几回，但并不见它有啥悔过自新的起色，这家伙总是用亮闪闪水汪汪的眼睛，十分无辜地望着他，好似自己倒是天大冤枉的样子。

李耕晨也知道上了年纪的人，就容易睡眠浅，睡不着，也醒得早。可是，这醒来睡去也应当是要自然状态，哪能像这蠢狗一样这么没有时机的恶作剧呢。这熟睡时被捣醒的滋味只有李耕晨自己心里清楚。

李耕晨也曾试图把大呆关在房门外，可大呆凭着这几年练就的精明，就会肆无忌惮地刨门，直到李耕晨心烦意乱开门为止。

李耕晨猜测大呆多半是想它的柯儿姐姐了，才会想出这么不人道的鬼点子发泄不满。这正如他想念女儿一样，可他去找谁撒气呢，总不能拿大呆揍上一顿吧，大呆毕竟是女儿的心头肉。

李耕晨自从有了女儿开始，就想一直把她留在身边，可是当女儿请求要去闯世界当北漂时，李耕晨又心软地答应了。但没几天，他就后悔了，在意念里，女儿似乎就成了抓也抓不着的断线风筝，带走了他心头上的一块肉。

起初的一段时间里，李耕晨还是感同身受地理解大呆的这种行为的，毕竟那是无微不至伺候过它的柯儿姐姐。他明白，在人类与灵性十足的汪星人世界里，情感的罗盘上有着十分相似的基调。

然而，时间一长，李耕晨心里也就生出很多怨言来，开始觉得大呆这家伙是个偏心眼。

李耕晨听小区后排的王老头曾说，狗的一生，钟爱的只有一个真正的主人，那就是第一个与它建立起感情的人。以前柯儿在家时，这大呆与她亲热的点点滴滴姑且不说，只看柯儿北漂之后它这些捣蛋的表现，就足以证明自己在大呆的心里没占有多重要位置的。

李耕晨目光复杂地看着大呆，喃喃自语：好吃好喝伺候了你，也带你玩了这么久，你怎么就还是要折腾我呢？就算偏心眼，也不能缺德到这种程度呀。

大呆的眼神也灼灼地盯着李耕晨。

这大眼小眼瞪了半晌后，李耕晨既无奈又没好气地又推了推大呆的脑袋："看什么看，睡觉去！"

大呆喉咙里"咕哝"了一声，就地趴下，脑袋往前腿上那么一搁,耳朵一耷拉,合眼就睡了起来,没多久就发出了轻微而又均匀的鼾声。

李耕晨也倒回了床上,可被大呆这么一折腾,他翻来覆去再也睡不着了。

李耕晨索性坐了起来,往事无厘头地在脑海里翻滚起来,一会儿想到女儿,一会儿又想到乡下的房子。他试图从那些更久远的生活点滴中,捋出一些大呆怪异举动的蛛丝马迹。

捋来捋去,李耕晨得出的结论是:大呆也许是记"仇"的吧……

5

有段时间,李耕晨常想,那些世间的所谓缘分,并不都是幸运基因的组合体,有的结缘兴许就是前世未了的劫。比如,他和大呆。

当年,并不喜欢狗狗的李耕晨,为了女儿的笑容,心头一软脑子一热就放小大呆进了院子。可是,这种不喜欢的情绪,不是一两天就能悄无声息地消磨光的。

李耕晨清楚地记得,大呆来到李家后的第二个月,在它打碎两个果盆、刨坏一张沙发,又将家中一个暖壶拱翻后,试着随女儿接纳这份美好的缘分,而费尽心思酝酿的积极心情,便瞬间化为一缕轻烟,从头顶溜之大吉。

那是深秋的一个傍晚,刚下过一场大雨,李耕晨和女儿吃过晚饭,从村头的大锅炉房里打了热水回来。他到厨房收拾碗筷的工夫,就听到客厅里传来暖水瓶炸裂的声响,而后就传来女儿的惊呼和蠢狗吱哇乱叫的声音。

李耕晨忘了摘下手套,直接就冲了出去。

此时,女儿已经跳到了沙发上,拖鞋湿哒哒地往下滴水,还冒着热气。她双眼通红,痛得张大的嘴巴却已喊不出声来。大呆则在屋子里夹着尾巴"嗷嗷"乱窜。

女儿眼泪汪汪地看着爸爸:"阿爸我不疼,你不要怪大呆。你不要怪大呆!"

李耕晨冲上去单手抱起女儿的同时,另一只手已经扯掉了她脚上的拖鞋还有袜子,直接捧进厨房,将那双通红的小脚对着水龙头哗哗地冲着。

冲了好一阵子,李耕晨才将女儿放在椅子上,又转身调了蜂蜜和鸡蛋清,一边小心翼翼地涂在女儿已经明显红肿的脚面上,一边嘟着嘴唇轻轻地吹着。这是他早就听说过的农村土方子,说是治疗烫伤最好,具有非比寻常的镇痛消炎功能。

"阿爸……"李芇柯惴惴不安着,她最担心的就是父亲将大呆赶出家门,脑海里不时浮出大呆在野外遭受风吹雨淋的可怜样。大呆来家之后,实在是惹了不少祸端。父亲的脸色一次比一次难看。

李耕晨皱眉道:"如果起水疱了,就不能穿鞋,明天上学……"

"不会的!"小姑娘语速飞快地说,"柯儿一点都不痛,阿爸你不要生大呆的气好不好?"

小姑娘声音软糯的语气中,带着恳求。

其实,李耕晨已经心软了,但是因为还在气头上,所以也没有搭女儿的腔。

等涂好了之后,李耕晨收了碗,净了手,拿起扫把和撮箕就往客厅走去。

"阿爸!"

小姑娘急得几乎要从椅子上跳下来。

李耕晨回头道:"我收拾一下客厅。"

李耕晨的嗓门有点大,李芃柯大概是吓到了,她缩了缩脖子,终于闭嘴。

尽管收拾打碎的水壶很烦,但是这个时候,李耕晨是真心没有要把狗赶走的意思,毕竟女儿苦苦地哀求过了。

然而,当李耕晨看见自己和亡妻唯一的合影相框掉在地上,相片也被泡在了热水里的时候,他那压抑了许久的怒气,就如休眠火山觉醒般蠢蠢欲动着。

妻子是他的初恋,也是他这辈子唯一一个毫无保留地爱过的女人。

这张被光阴侵蚀过的苍老面孔,与妻子那张定格在自己脑海里的鲜活容颜渐行渐远,而她留下的实物也实在是寥寥无几了。这张照片,几乎是他缅怀那些美好过往的唯一旧物。

李耕晨手忙脚乱地抢救出泡水的照片,又用衣袖去拭上面的水,可未曾塑封的老照片,只这一个轻微的动作就完全模糊了。

望着面目全非的照片，李耕晨狠狠地瞪向门边的大呆，抡起手中散架的相框毫不犹豫地砸了过去。

其实大呆早就从李耕晨的神态中看出自己闯了大祸，愣愣地蹲在门边耷拉着耳朵，李耕晨这一出手，它连躲也没躲，被结结实实地挨了一下后，发出尖锐的呜咽声，夹着尾巴跑到了院子里。

可即便是这样，李耕晨的怨气远未消解。

这可是他和亡妻唯一的一张合影啊！摆在客厅里，就是为了回家的第一时间就能看上一眼。可是现在……

李耕晨抄起扫把就追了出去。

外面又开始下起了雨，李耕晨举着笤帚满院子追得大呆吱吱吱乱叫。他的小姑娘听到动静，追出来一看，吓得哇哇大哭起来。

这时，院门被一阵风吹开，大呆一溜烟消失在了暮色四合的烟雨中，李芃柯的哭声也猛然拔高了好几个分贝。

李耕晨原想直接把门关上的，可女儿响亮而又伤心的哭声丝毫没有停下来的迹象，他只得回头先把小姑娘抱了回去。柔声细语地进行了好一通安慰，小姑娘还是依然抽抽噎噎的。

李耕晨等她情绪慢慢稳定下来后，又开始闷闷不乐地收拾着那一地的暖壶碎片。

李芃柯抹着泪眼用眼角的余光观察着阿爸的神情，倒是不再提让李耕晨原谅大呆的事。

十来岁的小姑娘不懂什么大道理，只是觉得，若是大呆造成的后果只是对自己有伤害，那自己不生气，大概阿爸也就没那么生气了。可是，小姑娘在看见那张湿了的照片之后，就知道，事情远比她想象的要糟糕很多。因为阿爸每天都要端起相框来看一阵子，那东西的重要性不言而喻。她盘算着用什么方法来补救一下。

李耕晨将那湿哒哒的照片夹着挂在了晾衣架上。

这晚，到了睡觉的时间，大呆还没有回家。小姑娘也磨磨蹭蹭地不肯进房间，时不时地就往院子里看。

李耕晨当然知道小姑娘是担心风雨中的大呆。

李耕晨揉了揉她的头，说："柯儿，等阿爸赚了钱，就去宠物市场，给你买一只比大呆更听话更乖的狗狗吧。大呆它跑了就跑了……"

他话还没说完，李芇柯就"哇哇"大哭起来。在她的意念里，世上有些情感不是用高低贵贱可以置换的。可以说，除了阿爸外，大呆就是她的第二个最亲的亲人了。

李耕晨越是规劝，她越是哭得撕心裂肺。

李耕晨看女儿这么伤心，心里也十分不是滋味。他揽着哄，抱着哄，差点要动脑筋挖掘自己身上残留的一点文艺细胞，来自导自演小品逗女儿开心。

终于，女儿哭累了，哽哽噎噎地睡了过去。

李耕晨将女儿放回她自己的卧室，用温湿的毛巾擦拭了一下她脸上的泪痕和抹到腮帮上的鼻涕。他摸上一个手电，拿了两节火腿，打着伞钻进了漆黑的雨夜。

李耕晨暗想：我差不多是爷爷辈的人了，却有了这么一个可爱的心肝宝贝,就是要天上的星星,我也得赔了老命去摘呀,更何况只是要条狗呢?

至于亡妻……

这死了的人,哪里有活着的人重要呢?再说了,难道没了那张照片,自己就能忘了妻子的音容笑貌么。

深秋的夜风把李耕晨深深地裹在细细的雨丝织就的夜幕里,那团光亮带着他急促地向前移动着。

他虽然穿了一件长袖T恤衫,可在这冰凉的雨丝里却还是隐藏着一股股冷意向他不断地袭来。

他猛然想起了大呆那湿漉漉的、仿佛能融化人心的眼神来。想起它被自己追打时,呜呜咽咽的,既慌乱又委屈,仔细想来也着实有些可怜。

"也不知道这蠢狗这会儿蜷缩在哪个旮旯里。"李耕晨皱眉喃喃自语。

离家不远的那片玉米地,已经收割完毕,只剩下光秃秃、一溜溜的茬儿,已没有什么能做遮挡。李耕晨手中的电棒一溜儿均匀地扫过去,田间的东西一览无余,他真希望大呆能像当初一样摇着尾巴蹿了出来。

那玉米地后面的斜坡上,是一片影影绰绰的竹林。李耕晨知道,那片竹林之后就是一条连接城里和乡下的公路。

不知道为什么,李耕晨冥冥中觉得,一月之前,大呆就是穿过那片竹林来到玉米地里,等待着小柯儿的。

大呆的模样,和村里的土狗们大不相同。在附近村子里,李耕晨似乎从没见过这种品相的小狗。他总怀疑大呆是从竹林后的那条公路上来的——过路车因为什么事儿停在这附近的时候，它就从车上溜了下来，寻找它未来的主人小柯儿的。

李耕晨此时愿意相信自己的这个合理推断。有灵的万物从来就是契合着无法言喻的神奇与人类发生着千丝万缕的联系的。

他回头看看自己身后的小溪，还有右手边通往村口的路，想了想，觉得还是这蠢狗一月前来的那条路比较靠谱些。

于是，他毅然朝那片茂密的小竹林走去。

雨后的田埂其实并不好走，深一脚浅一脚不说，稍不留神，就有摔个嘴啃泥的危险。

李耕晨一边呼唤着大呆的名字，一边小心翼翼地搜索着。他眼下最大的愿望，就是那狗子能把这糟老头子凶神恶煞的样子从脑海里干干净净地抹去，因为只有对这糟老头子的声音不感到厌恶，它才有可能欢快地跑到他的脚边来。否则，就算喊破喉咙，它也懒得理你。

李耕晨一直走到竹林边，他想象中大呆雀跃着冲出来的场景也终归没有出现。

此时，忽然一阵颇有劲道的秋风袭来，直接掀翻了李耕晨手中的雨伞，上了些年头的伞骨经这一折腾，生生地断了好几根。李耕晨抬头一看，索性丢了伞，任由这越来越大的冰凉夜雨抽打着他的脸。他想，就当是大呆耍脾气兴风作浪惩罚了他，然后就在某个不经意钻了出来。

"大呆——"

李耕晨拾起雨伞，在竹海里穿来穿去，一声声地呼唤着大呆的名字。然而风雨渐急，这些呼唤声刚从他嘴巴溜出来，就瞬间弥散在苍茫的夜色里。

他的鞋子已经被泥泞沾满，仿佛每一步都要把他的心拖拽到地上。

李耕晨，现在已经生生地后悔了。仔细想想，在磕磕碰碰的生活里那些看似是别人的主观故意，实则有自己脱不了的干系。难怪那些修行的人们，总把万恶之果的因都归结到自己身上。

就拿这相框来说吧，李耕晨早上看过之后，因为急着出门，就随手放在了矮矮的茶几上。说到底，这事要怪也只能怪自己没有放回储物柜上，要是放在原处，就算大呆被开水烫到跳起来，也得练点轻功才能碰得到它。

这么冷的夜，这么大的雨，大呆会去哪里呢？

李耕晨想起了大呆刚来时那脏兮兮的样子，身上的毛都是打绺的，还沾了不少的红泥。

红泥？一想到红泥，李耕晨眼前一亮，就摸索着朝一个方向走去。

在这片竹林里只有一个地方有这种红色的泥土。那地方很早之前，是一个做紫砂壶的小作坊。后来这老板有了些钱，就在城里买了一套高档的房把全家搬了过去，那作坊也就荒废了。

那作坊在竹林深处，在经年累月的风雨侵蚀中，本就简陋的几间房子已然只剩几处断墙颓垣。这屋子除了供鬼魂游荡，别的看不出有啥用处。深秋的夜里冷风飒飒，疾雨凉凉，那断垣残壁被透过雨幕的手电光照得影影绰绰，泛着阴森。

虽然李耕晨不信鬼神，可这雨夜残屋的，稍微脑子正常的人都会心里发毛。

如果可以的话，李耕晨打死也不会深更半夜跑到这种地方来的。

为了壮壮胆子，李耕晨对着屋子大声喊："大呆——"

除了风雨声，没有额外的什么声响。李耕晨站在一个比较高的土坡上，又用手电扫了一圈废墟里的角角落落，没见大呆的半点鬼影子。

那本是这小作坊的起居室，不大，可小手电的光线不能保证李耕晨不进屋就能通览全貌。

这时，手电光一照到一间塌了一半的屋子上，墙上便窸窸窣窣地掉下一大片渣土来。

李耕晨正在犯难之际，身后又传来沙沙的响声，他身上的汗毛开始竖了起来。

他猛一回头，看见大呆躲在了他身后不远处一堆瓦砾支撑的空间下，正拿一双忧伤的眼睛看着李耕晨。

李耕晨快步靠近那堆瓦砾，蹲下身来："大呆，乖！快过来！"

大呆的眼睛被手电的光线刺得眯缝起来，李耕晨赶紧将手电往下压了一下。

大呆已经站了起来，它的尾巴小心翼翼地晃了几下，又

46　遇见汪星人

夹在胯下，如此循环往复，就是迟迟不肯往前迈出一步。

李耕晨大约也是看穿了小狗的心思。他伸出手去，用平时哄女儿的语气对小狗说："大呆，来，我们回家。"

一听到"回家"二字，大呆的眼睛似乎亮了起来。它高高地竖起尾巴，晃的幅度一次比一次大了起来。

"乖，跟我回去吧。阿爸以后再也不会打你了。"李耕晨说。

李耕晨不知道大呆听没听懂，但狗子果然是在他说完这话之后慢慢试探着一步步走了出来。一边走嘴里还一边哼哼唧唧的，像是撒娇，又像是在述说自己的委屈。

李耕晨见它出来了，就从口袋里摸出两节火腿，放在手心里，伸了过去。

大呆闻了闻，舌头一卷就开始狼吞虎咽地吃了起来，还发出了"嗷嗷嗷"的低哼，可见肚子早就饿坏了。

大呆吃完了火腿，李耕晨就直接把它抱了起来，它也顺势乖乖地往他的怀里拱着。

浑身湿透的李耕晨本来还觉得有些冷，可这大呆一入怀，好像是个热乎乎的小火炉，将他周身的寒意驱得一干二净。

回家后，李耕晨用毛巾帮大呆擦干了毛发，直到凌晨方才歇下。

第二日，从不睡懒觉的李耕晨，是被女儿的欢呼声闹醒的。

"阿爸阿爸，大呆回来啦~~"

他的小姑娘兴奋地把小狗举到了他枕头边,他一睁眼就对上了大呆那双湿漉漉的、仿佛能融化灵魂的眼睛。

大呆伸出粉红色的舌头来,舔了李耕晨一脸的哈喇子……

6

李耕晨从那段结"仇"的往事里走了出来,瞥了一眼地上呼呼大睡的大呆:这蠢狗这样子捣蛋,难道真的是记仇了?他有时也慨叹:你说这世界究竟有多孤单,孤单到人类需要一条狗狗施舍的温暖。

李耕晨实在是睡不着了,再想想今天该是给大呆打牙祭的时间了,反正要起早去市郊附近的乡村农贸市场赶集的,便索性打消了入睡的念头,他便打开了卧室里的小电视。

李耕晨怕吵着熟睡的大呆,便直接将音量关掉,只留个一闪一闪的画面。看了一会儿,他又忍不住对着呼呼大睡的大呆喃喃道:"你只是狗狗而已,一只狗懂什么呢?就算你折腾我,我也不能同你一般见识,不想折腾你……"

睡梦中的大呆抖了抖耳朵,呼吸依旧均匀绵长。

天亮之后,李耕晨就起床出了门。大呆一听到动静,就一骨碌爬起来,趴在大门边等他了。

在以往,大呆都会精神头十足地坐直身子,双目炯炯有神地等着他开门。可现在都快要出门了,它却还像一条死鱼一样趴在那儿。李耕晨心里说:"你这蠢狗是害人不利己,折腾了别人,也糟践了自己。"

李耕晨蹲下来拍拍大呆的头道:"阿爸先去赶集,你睡觉去,等阿爸回来再带你下去遛弯好不好?"

李耕晨见它也没有要起来的意思,就替它做了决定。"大呆,阿爸要出趟门,你在家里看家啊!我中午回来。"

市郊说远不远,但也还是需要坐车的。

现在大家对狗的态度虽然不如打狗那年的形势严峻了,打狗队的成员变成了收容队的志愿者,市民们遛狗牵绳狗便随拾的养狗文明程度提高了不少,但带狗上公车之类,还是不允许的。

大呆一听"看家"二字,竟然就真的起身走到了玄关处,然后正儿八经地坐下来,努力竖起警觉的耳朵,尽一切可能地让自己看起来威武雄壮些。

李耕晨被它这模样逗得直乐,忍不住又拍了拍它脑袋,以示自己对它的赞赏。

大呆十分殷勤地伸出舌头来舔了舔李耕晨的掌心。

和大呆分别后,李耕晨就在门口遇到下楼遛狗的老张。

"早上好啊,老张!"

这老张具体叫什么,其实李耕晨也不太清楚。

这城市里不比农村。在老家的时候,乡里乡亲都很熟络,端着饭碗从东家串到西家夹菜的,做好吃的也都相互送一点尝尝鲜。可这钢筋水泥堆砌起来的都市啊,早已经把人心隔得一点儿人情味儿都没了。别说串门夹菜了。就是这同一栋楼里的,也是家家户户房门紧闭,仿佛家里头藏了千万巨款，门开久了都能被风卷走几张似的。

这老张搬来这里也有些年头了，李耕晨却是最近才认识他的。

因为老张的儿子怕他孤单，就给他送来一只卷毛小黑狗叫煤球，所以就成功加入了这个小区的遛狗生活圈。住在同一幢楼的李耕晨，自然与他最为熟络。

两人一通寒暄之后，老张问道："你这赶集就把你家大呆留下看家哪？"

"是啊，市郊远，大呆也不能坐公交。我就让它看家。"李耕晨笑道。

老张用略有些羡慕的语气道："唉，你家大呆可真是条好狗！让看家就看家，一点声儿都没有。"

李耕晨听人一夸大呆，就有些得意道："嘿，不止看家呢，有时还能帮我拿拿东西，迎迎客人什么的，的确是挺乖的。"

"拿东西？拿啥啊？"老张难以置信地看着李耕晨，"怪事，它能听懂你这老头的话？"

李耕晨不无炫耀道："难的不行，简单的还可以。每天回家还能给送拖鞋呢，这活它都干了好多年了。"

"哟，那可真聪明！"老张说着，又略有些嫌弃地瞥了一眼跟在自己脚边的小黑狗。"唉，我也不指望它帮我看家拿东西了，只要不随便汪汪就好。它离开主人汪汪汪，有人上楼动静大也汪汪汪，也就是瞧见你老李不叫。它要是遇上个从没见过的，还得嚎呢！这畜生不讨喜！"

这几日，李耕晨在家的时候的确经常听到楼上有小狗的叫声。

李耕晨安慰老张："嘿！这是新来的小狗对你家不习惯呢，我家大呆刚抱回来的时候，还有换了新环境的时候，也都是这样子，还曾经惹来邻居的不满呢。"

当初大呆刚被迎回乡下那小院子的时候，连着四五天都不敢进屋，一有点儿小动静就吓得叫个不停。这一点，在刚搬到小区来的时候也发生过。门外上楼的动静太大，它就吓得嗥叫不止；快递小哥敲门，它也狂叫着蹦得很高。那时候，大呆的大部分时间都是趴在芃柯的门口，或者卧室的阳台上。只有听到门外有狗的叫声或者车辆经过的时候，它才抖擞地猛然昂起头来掀起耳朵，直到声音消失，然后把头依然搁回地板上，摆出一副"我已经睡着了"的样子。

"这样啊，"老张若有所思，"那这不讨人喜欢的习惯要持续多久？"

"这个我也说不好。当初我女儿在家，天天逗狗玩儿，这狗吧，也和小孩子差不多，玩开了，它也就不怕了。"李耕晨如是说。

李耕晨和老张走出了楼道，他们一个是要去花园遛狗，一个是出小区赶集的，眼看过了前面花坛就要分开，老张却再次叫住了他。

"老李啊，我看你家大呆每次那么乖，那么聪明，你们家到底是怎么教的？"

其实小区里有狗儿的那些人家，都觉得李耕晨的狗儿训得不错，但是因为老李看起来也不大爱说话的样子，所以也不怎么跟他扯这些事。

这老张算是"才入行"根本不知道这些，只是觉得大呆实在乖巧聪明，就来开口"取经"了。

其实，李耕晨若是真明白的话，倒是愿意说给老张听的。可事实上，把大呆这傻乎乎的家伙训练得这般乖巧聪明的人，其实是他女儿。他就是想说，也有些摸不着头脑。

李耕晨格外坦诚："老张，这事儿吧，真不是我小气。训练大呆，以前都是我女儿苁柯一手操办的。你要真想知道，赶明儿她周末休息，我就打个电话去问问吧。哈哈。"

"那敢情好，我们一群老伙计都想向你取经呢。"老张笑道，"下次你问好了，我们这些爱狗人士就开个大会聚一聚，都听听你的经验。"

李耕晨挺高兴地答应了，哼着小曲儿出了小区，看来心情着实不错。

其实，李耕晨并不是为了即将在一群爱狗人士中出风头而高兴，而是总算又找到了一个给女儿打电话的话题。

李耕晨知道，这些日子柯儿工作才勉强稳定下来，忙得团团转。女儿也只是每周休息的时候才给他打个电话，而李耕晨是基本不给女儿打电话过去的。

可这电话虽然打了，也多半就是说些没有什么营养的话题，没聊多长时间，父女俩也没什么话可说了，就只能互相道声保重身体，各自挂了电话。

李耕晨一路上就喜滋滋地盘算着，多了这个话题，又能和女儿多说好一会儿了。

在集市上，李耕晨给大呆挑了一些碎骨和新鲜的胡萝卜，这是大呆最喜欢吃的一荤一素了。

凭大呆那鼻子，李耕晨拎着那些东西回家时，它就该是兴高采烈的了。可等他回家后，不但没有起来迎接他，直到李耕晨在锅里焖上带着肉末的碎骨时，大呆也还是趴在那儿一动不动的。

李耕晨想带大呆下楼遛弯，拍拍它的屁股，它从地上站起来时，四条小腿还不停地打着颤。

李耕晨心里"咯噔"一下，赶紧摸摸大呆的鼻子，又摸摸肚子。

大呆的肚子软软的，似乎和平时也没什么区别。湿润的鼻子也没有什么异样。

李芃柯在家的时候曾说过，如果大呆的鼻子干了，就说明身体出毛病了。

李耕晨这么想来，大呆应该不会有什么问题。李耕晨便拿上那装着铲子、废报纸和塑料袋的布包，带着大呆下楼了。

这些是他俩遛弯的必带工具，都是为了清理大呆的排泄物的。

这城市里比不得农村，讲究环境卫生，自打那年取消了打狗队的事情之后，小区里对养宠物这事儿就规范了起来，开展宠物家族"人人当好铲屎官"活动——遛狗必须要有牵引绳，宠物的排泄物也必须由主人解决。

如果做不到这些，轻则罚款，重则将宠物送至收容站，用人道的方式毁灭。

由于惩罚严厉,小区里狗狗的主人们都十分遵守规定。

而李耕晨本来也就十分理解这等规定,觉得城市里就是应该干干净净的,主人既然要养宠物,爱护环境也是应该。所以,他也做得格外积极到位。

下楼之后,大呆也没有走远。就在楼下大樟树后的绿化丛里嗅来嗅去,最后找了个"老地方"开始解决问题。

李耕晨在一边等着,没多久,大呆就跑了回来。于是,李耕晨就将牵引绳挂在樟树枝上,自己掏出了铲子和旧报纸来,往方才大呆待的地方走去。

可刚要下铲子的时候,李耕晨就犯了难,这褐色的一摊,铲子可铲不起来。

回头看一眼大呆,发现它又就地趴下了。

李耕晨忧心忡忡地直接用报纸将那一摊抹了抹,丢进了一旁的垃圾桶里。

回到大呆身边,李耕晨取了牵引绳,拍拍大呆的头:原来是大呆的小肚肚造反了,"咱们遛一圈就回家。"

李耕晨想带大呆再走走,可大呆掉头就要往家走,显然是很不情愿继续遛了。

这遛弯一向是大呆最喜欢的事情,可现在却这么消极,由不得李耕晨不担心。

但是,他却没把这个想得太严重。心想:大呆吃了那碎骨,多半就会好了。

回家后,李耕晨就将事先焖好的带肉碎骨给大呆弄了出来，香喷喷地往它面前一放。

原以为，大呆能兴奋地跳起来，可结果，大呆只是讪讪地摇了摇尾巴，象征性地吃了几口就不吃了。而后回到了李芃柯门口的地毯上，蜷起来睡觉。

晚上李耕晨依然带大呆出去，境况也差不多，唯一不同的就是，大呆甚至连晚饭闻也不闻了。

大呆的身体一向不错，但这么多年来，只有刚来小区的那年冬天，它得了一次感冒，才有这种不爱吃不爱动的情形。

李耕晨回想起来，当年似乎还是带大呆去了畜牧站，才治好了感冒，但具体是什么药，他也记不清楚了。

李耕晨看看大呆的精神头似乎也没有想象的那么坏，就想再等等，如果它明天还是这副样子，就带它去附近的宠物医院看看。

7

临睡前，李耕晨拍了拍大呆的头："今儿晚上可要好好睡啊！你看看，一天天晚上不睡觉，身子骨扛不住了吧？"

大呆："嗷呜~"

"睡了！"

李耕晨重重揉了一下大呆的头，又顺势关了灯。

然而这一夜，大呆还是强打着精神把李耕晨弄醒了。

时间甚至比昨天都还要早一点，气得李耕晨真想跳起来揍它一巴掌。

李耕晨生了一会儿闷气，又关灯后躺下，但又和昨天一样，瞌睡虫已经跑得无影无踪了。

翻来覆去了半天，李耕晨到底是气不过，摸开灯翻身下床，还是拧了一下大呆的耳朵。

大呆被他的举动吓了一跳，一骨碌从地上爬了起来，眨巴着黑溜溜而又茫然的双眼，歪着脑袋不解地看着李耕晨，一副"你想干吗"的样子。

李耕晨坐在床沿上，晃动着双腿，得意地对它说："我让你也尝尝睡觉时被吵醒的滋味。好受不？"

大呆也不知听没听懂，哼哼了两声，原地打个转，又趴下了。

李耕晨仿佛一拳打在了棉花上，那叫一个心塞啊。

他越来越觉得，大呆吵他起床的时间，恐怕要渐渐地从清晨提到半夜了。

他有气无力地倒回床上，瞪着天花板放飞思绪。

他开始回忆和大呆有关的所有事情，究竟是什么让它如此记仇到哪怕它自己精神头不好，也不忘半夜折腾他的境地。

若说小时候赶他那次，好歹他也半夜去把它寻回来了。那时候，它都是一副十分感激的样子，李耕晨根本没看出它有多生气呀。

难道是因为他对它的嘲笑？说起嘲笑那还是大呆刚到李家时候的事。

那时，一般都是李芃柯在照顾大呆的。

也就是那时候，芃柯为了让呆头呆脑的大呆看起来聪明点儿，就想教它一些与主人互动的生活技巧。

然而，大呆除了"起立、坐下、握手"之类的简单动作学得比较快之外，其他稍微用点智商的东西，大呆就开始冒傻气。

比如，当芃柯把自己的一只卡通毛拖鞋扔在它身边，对它说："大呆，把拖鞋拿过来！"大呆却直接对拖鞋视而不见，径直甩着大舌头朝芃柯走去；若是芃柯直接把拖鞋塞到大呆嘴里，大呆就能一屁股蹲下来一动不动，一直衔着拖鞋仿佛能到地老天荒。

一连几天，芃柯放学回来一进家门就可以看到大呆傻了吧唧地叼着拖鞋朝她摇尾巴。

就为大呆这脑袋进水、叫人哭笑不得的智商，李耕晨没少笑大呆和女儿"穷折腾"。

这狗儿就是狗儿，哪里能当人来训呢！

李耕晨虽然以前没有养过狗，但也见过村里人养土狗是怎么养的。

所以，李耕晨一直不看好女儿要训练大呆的事。

每当他们配合失败，李耕晨虽不至于泼冷水，却也不会吝啬自己的笑声。笑得小姑娘小脸通红，大呆趴在小姑娘卧室门口，将脸蜷进身体里。有时大呆也对着李耕晨直翻白眼，仿佛在说：你们人类就喜欢瞎折腾，你们不就是有一张能说会道不分黑白的嘴巴吗，你们要是跟我一样把嘴唇划到腮边上来，你们指不定还没我会说呢，叼拖鞋的样子没准比我还丑呢。

李耕晨在床上翻了个身，自言自语道："狗哪里会有什么羞耻心呢？更何况，这么鸡毛蒜皮的小事，哪会像记仇的人类一样记得了那么久。可如果不是这件事，那又是什么呢？"

难道是因为我粗粗拉拉地把它当成土狗养？

大呆的身份问题，其实就是在刚来李家的那年冬天确定的。

那时候，大呆已经来李家四个多月了。

它吃得不少，长得也贼快。短短数月间，已经比刚来的时候大了好几倍。那一身浓密的毛，也由浅黄变成了金黄，由干涩开始泛出诱人的光泽。

看在它越长越漂亮的分上，李耕晨也就不嫌弃它吃得多了。

而村子里的人见了大呆，都对大呆的身份十分好奇。有人说大呆就是生得好看的土狗，也有人说，大呆可能是城里人路过的时候，落下来的名品种。至于到底是什么品种，也没人说得清。反正，有狗的人家，都想找大呆给自家的母狗当"上门郎"配配种。

诚然，那些要求，李耕晨是没有答应的。他家大呆，那会儿还是小孩子呢，早恋的问题不应该发生在有教养的大呆身上。

就在李耕晨拒绝周遭的乡里乡亲没多久，大呆就病了。

父女俩见大呆两天没好转，就忧心忡忡地抱了狗子上了畜牧站。

这里面的兽医倒是了得，药到病除。

这时候，李耕晨就顺便让兽医给看看大呆是什么品种。毕竟，这个问题已经困扰乡里乡亲们好久了。

那兽医一边摸着大呆的脑袋，一边笑着告诉父女俩说，大呆这头部宽宽，臀部轻拢，眼睑外翻，口鼻线条流畅的模样来看，应该就是一只金毛犬了。但是，大呆应该不是纯种的金毛。

李耕晨当时就猜测，大呆的妈妈有很大的滥情嫌疑，多半是游走四方的时候搞了一夜情，不小心怀上了大呆，生下后又不负责任地丢下了它。诚然，他之前猜测的，被主人弄丢或刻意丢在了公路边也是有可能的。

然而，不管是哪一种可能，现在大呆都是他们李家的一员。无论如何，它都该被温柔以待。

芃柯对大呆的宠爱，是不消说的。

小姑娘对大呆自称柯儿姐或者干脆就是姐姐，大呆也十分认可这个称呼。在芃柯上学的日子里，李耕晨闲来无事，时常逗趣儿大呆，故意说"柯儿姐回来了"，大呆必然精神一振，甩着舌头晃着尾巴冲到门口东张西望一番。等到发现自己被骗，大呆就能回头翻李耕晨一个白眼，而后款款地走到柯儿姐的房门口躺下。

大概……这狗子那会儿就开始记仇了吧。

当时，为了不错过芃柯回家，大呆就算无数次被骗，下次李耕晨喊"柯儿姐回来了"的时候，它还是会冲过去。永远都不会因为李耕晨骗了它而错过任何一次机会。

李耕晨看着从小没有母爱的小姑娘，却在大呆身上找到了另一种快乐，让她孤僻的性格也开始变得开朗阳光起来，他便倍感欣慰，也越发喜欢起大呆来。

每当看见女儿和大呆在一块儿的时候发出由衷的笑声，李耕晨就会由衷地觉得，这一切都是因为大呆啊！柯儿能遇上它，真是太好了！

那些年里，因为有芃柯一手包完了大呆的饮食起居，李耕晨与大呆的互动相对较少，大呆对芃柯更热情倒也无可厚非。不过，他这心里头偶尔也会有那么一丝丝的吃醋念头闪过。

芃柯离开家之后，李耕晨成了大呆的全职保姆。这可难倒了年过半百的李老头。

他一大老爷们，拉扯大一个小姑娘已经是件十分神奇事情，现在这一大把年纪了，竟然还要再做伺候宠物这件细致活儿？

李耕晨看着女儿留下的那些伺候大呆的毛刷、梳子、削薄剪、指甲钳、软毛牙刷、尼龙咀嚼玩具。只觉得一个头变成了两个大。

总不能因为不会做而不要大呆。它陪了芃柯这么多年，早已成了这个家的一分子，自然是不能不要的。

那会儿，李耕晨总想着，女儿毕业了也就回来了；哪承想女儿一毕业，又说要去北漂一两年，积累经验和资金再回来创业，李耕晨挠挠头，只得接受这个现实。

只是，李耕晨实在是不会用女儿留下的那堆伺候大呆的工具。所以，他只能沿袭了农村里养土狗的法子来养大呆。

好在大呆这种金毛犬好养。

　　大呆或许因此认为李耕晨没有柯儿姐对自己好。在它的记忆里，主人应该不是这么粗手毛脚的样子。李耕晨觉得这也是大呆最不待见自己的原因之一。

　　可尽管如此，他还是努力地让大呆吃好睡好玩好。

　　李耕晨又翻了个身，一抬眼就看见了蜷在床边的大呆举着睡意十足的头望着自己。他忍不住骂了句："小没良心的。"

8

　　第二日，大呆依然精神不济，依然拉稀且吃不下东西。

　　李耕晨带了大呆往小区外的宠物医院去。

　　自搬过来后，大呆去那里打过几次疫苗，所以李耕晨对那边的路也不算太陌生。

　　可没想到，等李耕晨带着大呆去了那里，那里却是大门紧闭。

　　这宠物医院不比畜牧站，一直都有人在。这家医院是私立的，医生家里头有事儿，就关门了。

　　李耕晨傻了眼，附近也就这里有个宠物医院啊，可怎么办？

　　李耕晨想了好一会儿也没想出该怎么办来。让大呆在树荫下休息了一阵之后，就带着它往回走。

　　等回到小区里，李耕晨又遇上了出来遛狗的老张。

　　本来两人是互没看见的，倒是老张的那只小煤球，一见大呆就兴奋地又是晃尾巴，又是"昂昂昂"地哼，还扯着它主人要往大呆冲去。

李耕晨和老张打了照面，自然又是一番寒暄，两只狗也热情又愉快地交流起来。诚然，大呆精神头不足，"热情"就被煤球包完了。大呆只负责缓缓地摇摇尾巴，嗅嗅煤球的鼻子、脑袋、耳朵。

李耕晨和老张的话题，说来说去，自然是离不了自家的狗。

老张听了大呆竟然拉肚子，而宠物医院又关门的事儿，一拍大腿道："哟，这个我倒是知道。这狗要是拉肚子，就先别喂东西吃。水都不行。饿上一天左右，它自己就能渐渐好了。要是不行，再上医院也不迟。"

"当真？"李耕晨不大相信。他正愁大呆不吃东西，每天都哄它吃点儿呢，老张竟然说饿大呆一天，连水都不给？

"这也是我儿子告诉我的。"老张提起儿子，嘴角的笑意就止不住，"他怕我这老头子不会照顾狗，就给我留了个十项注意，其中有一条就是说如果狗拉肚子了要怎么做的。我记得忒清楚。煤球还小，抵抗力不怎么样，所以老是容易生病，上周就拉了肚子，我照这个法子试了试，一天就好了。"

原来是试过的。李耕晨心中就信了几分。"哎，那我也试试。"

老张看着大呆笑道："你家大呆是真乖巧啊！"

李耕晨闻言，却是想起了大呆晚上折腾自己的劲儿来，就感觉是在打他的脸，只好扯出一个勉强的笑来："你家煤球这样的才好，活泼好动才热闹！"

两人分头离开时，老张还不忘提醒李耕晨，记得问问他家柯儿，大呆是怎么训的。

李耕晨这才想起来，今天一天都忙着大呆的事儿，竟差点忘了给芃柯打电话。

可李耕晨回家拿起手机之后，又有些心虚了——现在大呆这精神头也不大好，要是让芃柯知道了，会不会在心里头怪我没照顾好大呆啊？

李耕晨正犹豫着，这电话就响起来了。定睛一看，正是他的小姑娘：李芃柯。

"刚摸起手机要给你打电话呢，你就打过来了。"李耕晨接起后，说话的声音都比平时柔了几分。

电话那头传来了银铃般的笑声，末了，李芃柯带着笑意撒娇道："我是你女儿嘛，当然和阿爸心有灵犀啦！"

李耕晨哈哈大笑，又问："工作怎么样了？稳定了吗？"

"嘿，阿爸你放心吧。我实习期刚满，马上就能转正啦。等转了正，工资就高了，到时候给阿爸和大呆买好吃的！"

李芃柯的声音轻快又活泼，听得出来，的确是过得还不错的。

李耕晨其实很想说，他和大呆其实一点儿都不想要什么吃的，只盼望她早点回来。

可是，这话要是说出去，准会影响女儿的心情和工作，所以李耕晨忍住了，转而叮嘱道："你在外头要多多照顾自己。有钱了就多给自己添置些东西，不用老想着家里。你阿

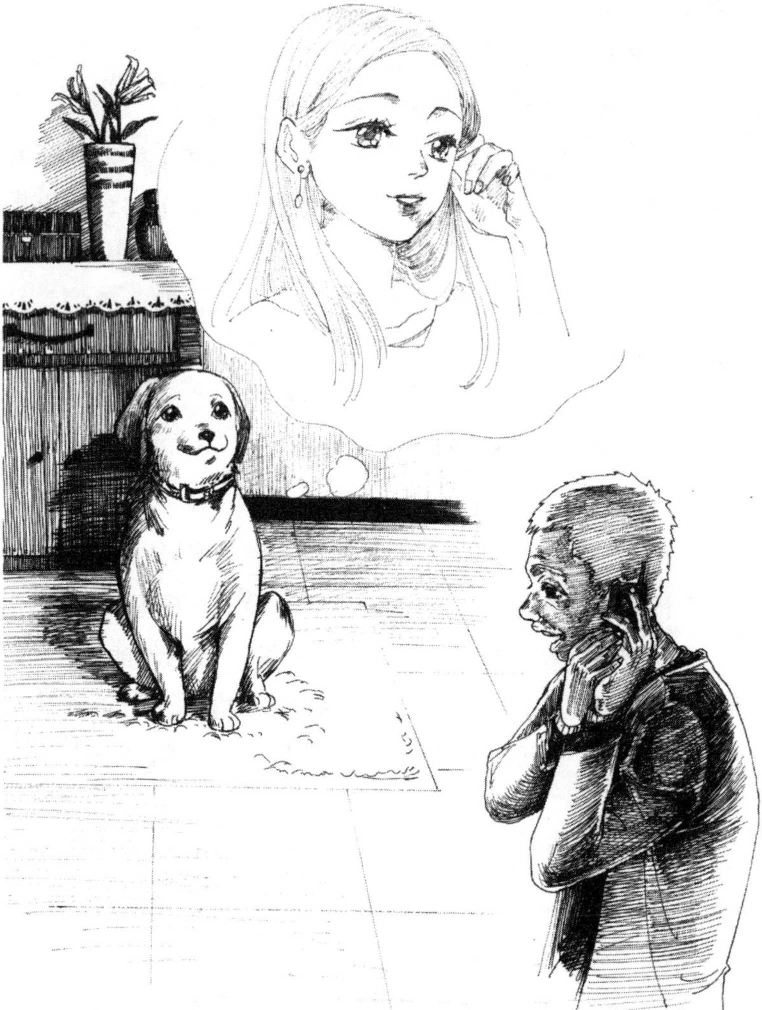

爸现在虽然不上班了，可退休金也够我和大呆花的，用不着你花钱给买吃的。"

"阿爸……"

李耕晨看不见，李芇柯在电话那头已经红了眼。

不过，李耕晨还是从女儿的语气中听出一些不对来，于是就转移了话题："柯儿啊，最近咱楼上的张伯伯来问我，说咱们大呆的乖巧聪明当初是怎么训练出来的，阿爸当初光顾着笑大呆那傻愣愣的样儿了，是半点儿也不记得你是怎么训的，你现在要是空的话就跟阿爸说说吧。免得到时他们开大会要我讲个一二三四，我连个狗毛都说不出来。"

李芇柯无比惊讶道："阿爸，你终于和小区里那些叔叔阿姨们一起聊天啦？这不是你的风格啊，这风格好，多和他们交流交流。"

李耕晨不大爱说话，所以虽然搬来这小区多年，却和周围的邻居都不大熟络。而加入小区的爱狗人士小团体，也是近几个月的事情。

李耕晨摸摸鼻子，"这是什么话。也就是他们问了，我顺嘴问问你而已，要是有机会，我也和他们分享一下。"

"阿爸，其实当年训练大呆也不难。我后来问了一个我们学校也养了狗狗的老师，法子是她教我的。"

李耕晨说："嗯，那你们老师怎么说的？"

"老师首先是肯定了咱家大呆的智商呀。她说金毛犬这类狗狗，智商都不会太低的。我一直训不会它，是因为和它沟通有问题。"李芇柯的声音带着几许笑意。

"嗯。那要怎么沟通呢？"这点，李耕晨其实也很想知道。如果能和大呆沟通，让它不要再记恨自己，半夜折腾自己，这不是也挺好么。

只听李芃柯又道："阿爸，我举个例子吧。比如，狗狗完成任务之后，我给它零食，那这就是奖励；可我要是先拿出零食给狗狗，再让它完成任务，那就是贿赂了；而不管狗狗在做什么，直接给它零食，那就是溺爱。给零食的时机不一样，效果就大不相同。反正道理就这么些，剩下的，就是因狗而异了。说白了，沟通是最重要的。"

李耕晨听完了，若有所思。但想了一会儿，心里却有些失望。

女儿这沟通方法，对他来说大概是没用的。自己给大呆买碎骨头也好，做猪油拌饭也好，它依然是要半夜折腾自己的。

李芃柯没听见回应，就道："喂，阿爸，你在听吗？"

"在，在听的。"李耕晨赶忙回道，"那还有别的注意事项吗？"

"没有了，如果再说，那就是针对大呆的了。每只狗狗都有它自己的性格和脾气，适用大呆的不一定适用其他的狗狗，所以你和叔叔伯伯还有阿姨们说这些就够了，其他的他们自己要在生活中去悟的。"李芃柯笑道。

"好！"李耕晨点了点头。

"阿爸，你最近身体怎么样？"李芃柯关切道。

"好！"李耕晨中气十足地回道，"好得不得了，就是腿脚偶尔有些不舒服。"

"啊？阿爸，你腿脚怎么了？"李芃柯着急的口气问。

李耕晨原是为了不让女儿担心，所以一直不打算说腿脚的问题，可没想到还是说漏了嘴，只得安慰地说："其实也没事，就是最近腿上没啥力道。我多锻炼锻炼就好了。放心吧，没事的。"

李芃柯就这事儿又关切地追问了几句，还叮嘱李耕晨要好好锻炼，李耕晨都一一应下，她才勉强放了点儿心，然后又问起了大呆来。

一问大呆，李耕晨心里就有些虚，但也是尽拣大呆好的一面说。

他觉得，大呆吃不下这也是小病，说给芃柯听也没有意义，反正芃柯也不能赶回来。

李芃柯就有些想听听大呆的声音。

可大呆回来之后，已经蜷在李耕晨卧室里睡着了。

李耕晨就直说大呆睡了，惹得芃柯大呼大呆是懒虫，除了吃不是睡就是玩儿。

李耕晨沉吟了一下，说道："你这次离家这么久都不回来，大呆想你都想得闹脾气啦。"

"呀？它怎么闹脾气了？"

李耕晨不好说大呆半夜闹他，现在搞得自己和它白日里都精神不济，便说："大呆闹脾气什么样儿难道你不晓得吗？跟小时候那样，捣蛋得不行。怎么让人闹心怎么来！"

"哈哈哈，阿爸，哪有那么夸张。"

"怎么没有?!你回来看看就知道了。"李耕晨笑道,"阿爸早就同你说了,大呆这家伙啊,只同你亲。"

李芃柯对此却不能认同:"阿爸,大呆对你一样亲。要不,它不会在家一见到你,就哼哼唧唧地撒娇的。"

李耕晨一想,发现这还真是事实。当初芃柯在本地上学的时候,虽然离家不算太远,但也常常住校。大呆会隔三差五地跑到芃柯的学校门口去转悠几圈,但最终还是回家找自己。

可那是以前。

"嗨,别说以前那些了。自打你去了北京之后啊,大呆这家伙就像孙悟空没了紧箍咒,都快无法无天了。阿爸现在就盼着你哪天有空回来能再给这家伙上上紧箍咒呢!"李耕晨道。

话说到这个份上,李芃柯心里头当然明白,她阿爸其实就是想她了。

她揉了揉眼睛,放软了声音道:"阿爸,你放心吧,等我转正之后,有调休资格了,马上就回来看你们。"

"不用不用!"李耕晨口是心非地叮嘱,"工作最重要,阿爸知道北漂不容易,好不容易站稳脚跟,你就好好打拼吧,不用挂念家里。啊!"

"阿爸,等到了中秋,我就回去看你!"李芃柯认真地承诺。

李耕晨先是一喜,继而又有些失落。"好,中秋……中秋也不远了。也就百来天。"

抱着微微有些发烫的手机父女俩又聊了好久，等到终于挂了电话，李耕晨又有些怅然若失。

唉，和女儿的这通电话啊，打多久都还是嫌时间短啦……

第三章
绝地出逃

9

李耕晨按着老张的法子,让大呆不吃不喝,一日之后,大呆的身体状况果真有了好转。

只不过,在半夜时分大呆依然不改折腾李耕晨的把戏,它自己没睡好觉的萎靡样子依旧十分明显。

李耕晨现在的身体状态基本上是沾枕头就睡,睡到半夜就被吵了起来,回头再等白天打瞌睡。这样的状况延续下来,最后就连遛大呆也开始显得力不从心起来。

这种没完没了的恶性循环,成为了李耕晨一块无解的心病。

至于老张约定李耕晨给狗友们讲讲怎么训练大呆的事情，他也因为精神头不好，越发不喜欢这种集体活动，也就直接失约了。

但是，李耕晨还是私底下将女儿所说的怎么和狗狗沟通的一些法子，毫无隐瞒地告诉了老张，让老张代为转达，也算是没有辜负狗友们的期望。

李耕晨心里清楚，跟狗儿沟通的事，他也没有啥经验可言。他决心从头学起，按照芃柯所说的方法，跟大呆多多沟通，试图与它建立更亲密的感情，让它从思想深处自觉改掉半夜捣蛋的臭毛病。

不过，李芃柯留下的那些伺候大呆的工具，在李耕晨的手上确实细致不起来。他只得另辟蹊径，上街买了一些大呆爱吃的零食回来，按着芃柯说的那样，睡觉前可以贿赂它一点，如果晚上没有吵醒他，早上就再奖励它一点。

一连三五天，李耕晨贿赂大呆的次数倒是不少，可奖励从来就没有派上用场，直到那几袋肉松小饼干空空如也，这一番良苦用心，除了给李耕晨增加一些黑眼圈外，别的什么也没有改变。那条"吃人嘴短，拿人手软"的人类利益通行法则，在这只长嘴狗狗面前却黯然失色。

李耕晨看着大呆没精打采地趴在他脚边的模样，心中想着，这日子再这样下去，这一人一狗都会被拖垮。李耕晨希望女儿早点回来的愿望更加强烈起来，不单是为了与自己朝夕相处，哪怕为了大呆不捣蛋也应该回来。当然，这也就是自己想想而已，当初父女俩的约定也是在北京有点事业基础后，再回到他身边来自己创业。他懂得青春奋斗的意义，在人生这架天平上的分量。所以，哪怕再难，李耕晨都想把大呆照料到芃柯回来的那一天的。

李耕晨左思右想，觉得世间的有些情感，必须要用分离来方便彼此。他终于找到了一个自认为两全其美的办法。

在芃柯不在家的日子，给大呆找一户懂得怎么照顾金毛犬的人家，这样既可以让大呆过得好，他也能睡个安稳觉。

至于寄养人，李耕晨心中也是打过谱的——那是一户宋姓人家。这家有个儿子，勉强算得上李耕晨的忘年交，人称宋老板。他们家原本是住小区后的别墅区的，条件相当不错，以前偶尔也会来小区的公园里散散步。

李耕晨相信，这位宋老板是十分愿意领养大呆的。因为，就在几个月前，宋老板路过小区的时候，还特意来看过大呆，给大呆送了进口的小零食。

李耕晨不懂那些长得像汉语拼音a、o、e一样的外文，也不知道那到底是啥牌子，但他懂得宋老板是真的挺喜欢大呆，他对它似乎有一见钟情的感觉。

这位宋老板，是两年多前，李耕晨在楼下花园遛大呆的时候遇上的。

当时，宋老板盯着大呆足足看了好几分钟，甚至还像盯梢一样跟了李耕晨和狗一路。要不是他西装革履，李耕晨真把他当成踩点儿的偷狗贼了。

后来，两人一聊起来才知道宋老板这样的举动，全然是因为大呆长得实在是太像他家以前养过的一只狗狗了。宋老板非常喜欢大呆这乖巧灵动的样子，提出要高价买下来。

大呆是李芃柯的心头肉，哪怕是大呆调皮捣蛋得教他心力交瘁的现在，李耕晨也没动过"卖掉"的心思，更何况是女儿还在家时"一家三口"的那段幸福时光呢？

李耕晨断然拒绝了，宋老板人挺和善，也没死缠烂打。宋老板相信，自然界中有灵的万物，以缘相结。不过，他大概是真的挺喜欢大呆，所以每次偶遇大呆，就总有一些诸如给点好吃的等讨好大呆的举动来。

李耕晨和这位宋老板之间，也因为大呆而很快熟络起来。

宋老板本名其实叫宋大臣。大家虽然都称呼他为宋老板，李耕晨认识他的那年，也只不过二十五六岁，在李耕晨的眼里不过是个正儿八经的毛头小伙子。

不过，这小年轻绝对算得上是青年才俊。宋大臣大学刚毕业那年，就买下了一项面膜专利，不过两年，他自主创建的原生态"肽妃"系列产品就收到了不错的市场反应，成为很多女性消费者钟爱的品牌。

宋大臣靠这个品牌挖得第一桶金，买下了开明小区附近凤凰山庄里的一幢别墅。

但事实上，宋大臣并不喜好眼花缭乱物欲横流的都市生活，他跟李耕晨聊天时，不止一次提过，他最喜欢的还是为人纯朴善良环境清新幽静的乡下。

每当这个时候，来自乡下的李耕晨就和宋大臣有了格外多的共同话题，聊不完的乡里乡情和趣闻逸事。李耕晨要不是为了让女儿沾一沾城市人的文化气息,他一辈子都不愿意离开那一亩三分地的。李耕晨偶尔也会和宋老板说,自己总有一日是要回到乡下的,那可是在城里拿钱都买不到的天然氧吧。

李耕晨还没等来自己回乡的那一天,就传来事业蒸蒸日上的宋老板,搬到他梦寐以求的乡下去的消息。

离别的时候,李耕晨还特意带着大呆去送了宋大臣。宋大臣也给大呆打发了一大堆好吃的。

为大呆寻找寄养人家,那这位宋老板,实在是个很不错的选择。

李耕晨也算是个行动派。他主意打定之后,就直接给宋老板打了电话。

宋老板一听说他竟然要寄养大呆,先是有些不敢相信。"大伯,你说的是真的吗?"

"是呀,是真的呀,我这一把年纪的人哪能跟你们年轻人说假话呢。"李耕晨十分诚恳道,"我家柯儿北漂去啦,我一个老头子,什么都不会,怕照顾不好狗狗,我受罪倒没什么,关键是狗狗受罪。我就想问问你现在在乡下有没有心思养狗狗。我可以每个月都给大呆打点生活费。"

"大伯,不用您打生活费的。"宋老板失笑道,"我会好好照顾大呆的。您看,您什么时候方便?或者我派人来接大呆。"

宋大臣爽快答应,是在李耕晨意料之中的,就是没想到会这么顺利,他的心里还是有点激动。

那头,宋大臣听李耕晨不说话了,还以为是他反悔了,忙道:"大伯,您放心,大呆寄养在我家啊,您如果想它,不怕麻烦的话随时都可以来看的。"

李耕晨回过神来:"哎。好好好!"

两人一拍即合,宋老板也是当机立断,表示今日工作忙完后就开车来接大呆。

大呆可不是件货物,随便往车里一扔就能拉着跑的。这路上若是没有自己护送,恐怕它是不可能乖乖就范的。再则,若是大呆被强行掳走,李耕晨这感情上也是过不去的。他知道,若是大呆会说话,肯定会发脾气跟他这狠心的阿爸大吵一架。

芃柯走后,李耕晨就没有给大呆买过狗粮,平常给大呆打牙祭的就是它最喜欢吃的碎骨了。前两天大呆生病,他照着楼上老张说的饿了它两日,所以等它好了,李耕晨就买了不少碎骨回来,只做了一回,现在还剩下一些存放在冰箱里。

李耕晨想着大呆既然要走,不如就把存下的那些都做给大呆吃了,也算是为它饯行。

这么想着,李耕晨开锅生火,给大呆做了整整一大碗碎骨。

碎骨头出锅后,大呆精神十足地昂着头,跟在李耕晨的脚边打转,粗壮的尾巴打在碗柜的门上,发出极有节奏感的"哒哒哒哒哒"的欢快声音。

食盆儿一落地,大呆就冲过去"哼哼"有声地吃了起来。

李耕晨在一旁看着看着,心里竟又生出许多不舍来。可转念一想，大呆去了宋家，吃得好也睡得好，肯定会比跟我这老头生活在一起幸福滋润得多。

李耕晨走出厨房，闷闷不乐地坐在客厅的沙发上。

大呆吃完之后，不紧不慢地蹭到了李耕晨的裤脚边，伸出长舌头在上下颌的边缘津津有味地舔了几圈，满是享受和感激的模样。

楼下传来了汽车的引擎声，没多久就传来了敲门声。

李耕晨打开门，就看见一个俊朗的年轻人站在了门口，手里拿着一根油亮的拐杖。

李耕晨看着他手里的拐杖，疑惑着问道："你是宋老板派来接狗狗的吧？"

帅小伙一脸的茫然："宋老板？接狗狗？大伯，我不认识什么宋老板啊，我是来送拐杖的！"说着，他将手中的拐杖往前一递。

李耕晨没接，只是心中更奇怪了："送拐杖？你怎么知道我要买拐杖？"这事儿，他好像也没跟外人提起过，"你是推销拐杖的？"

"不不不，不是！"年轻人急忙回答，见他不接，倒也不觉得尴尬，收回手，笑着解释道："是芃柯告诉我的。"

李耕晨诧异地看着他，小伙儿又急忙自我介绍："大伯，我是芃柯的大学同学，叫赵晓峰，您叫我小赵就好啦！芃柯说，您最近腿脚不好，所以让我帮忙去集市给您买根拐杖过来。前两天我有些事儿给耽误了，今天回市里，就给您送过来了。"

女儿竟然将自己随口一提的事就放在了心上，这让李耕晨心里升腾起一股温暖。他有些激动地接过赵晓峰手中的拐杖，往边上让了让："谢谢！真是麻烦你了。小赵，你进来喝杯茶，坐着歇一歇吧！"

赵晓峰笑着摆摆手道："谢谢大伯，我还有些事急着要办，就不坐了，改天专门来看您！"

李耕晨想着，宋老板大概也差不多要来了，这小伙儿不留也好，便说："你有事，那伯伯先不留你了，有时间再来哈。"

赵晓峰点头告辞时，却又探头看了一眼李耕晨身后懒洋洋趴着的大呆，问道："大伯，您的狗狗怎么了？是要去看医生吗？"赵晓峰的言外之意，如果狗狗要看医生的话，他可以开车送一下。

面对女儿的同学，李耕晨心里有点发虚，他连忙掩饰道："没有没有，狗狗没事，挺好的。谢谢你啊，这拐杖很好，我很喜欢。"

赵晓峰还是觉察到李耕晨的神态有些奇怪，可既然老人家这么说了，他也没好意思继续追问。只能笑着说"不客气"，然后离开了。

赵晓峰走后没多久，宋大臣就到了，还带着一小袋的"麦顿A6"的狗粮来，他一进屋就给了大呆几块。

可大呆只是在狗粮上翕动了几下鼻翼，就若无其事地走了。

李耕晨说："大呆刚吃了不少碎骨，肚子还饱饱的呢，现

78 遇见汪星人

在它还不想吃东西。"

宋大臣笑道："原来是这样啊。其实这狗粮是一等品，不过也不一定就合它的口味，我回去后再让它试吃一下其他的品牌，总有一款它会喜欢的。大伯，你就放心吧，我一定会好好照顾它的。等我回去把大呆安顿好了，我就送它去好点儿的宠物医院做一次全面的体检。"

李耕晨听宋大臣这么一说，就感到他照顾狗狗真的是很有一套，心里也是真的放心了。

大呆一屁股蹲在他俩一步开外的地上，歪着脑袋看着主人和这个似曾相识的人聊天，只有听到自己大名的时候，大呆才会站起来围着他俩走两圈。

宋大臣见大呆靠近，面上笑靥如花，低头去摸了摸它的耳朵："大呆，咱也是老相识啦，你还记不记得我？"

大呆嗅了嗅宋大臣的手，又低头去嗅了嗅裤脚。最后扬起头来，矜持地晃了晃尾巴。

李耕晨笑道："这算是认出来了！"

宋大臣蹲下身，伸出手来对大呆道："大呆，以后咱们就相互关照啦。来，握握手吧！"

大呆听不懂别的，但是对"握手"俩字却是有反应的。它伸着舌头，抬腿就把左前爪搭在了宋大臣的手心里，逗得对方哈哈大笑。

李耕晨看着这一幕，心里还是生出有那么一丝丝酸楚来。

10

　　只要李耕晨不上车，任凭宋大臣怎么哄骗，大呆都纹丝不动地站在那里望着主人。最后，李耕晨猛地钻进了宋大臣的车子，假装把大呆关在了外面。

　　这下，大呆急了。它"哼哼唧唧"地用一种接近哭腔的声音在李耕晨上车的那一边徘徊，见李耕晨没有动静，前爪就直接立起来趴在了车门上，顺着玻璃往里看。

　　李耕晨见逗得差不多了，就哈哈大笑地把车门打开了一点，大呆瞅准时机，疯狂地将那缝隙扒大了，身子倏地钻了进去，蜷在了李耕晨的脚边。

　　对人类越来越复杂的套路，除了认真地掉进陷阱，以动物界的智商还想象不出什么好的法子应对。看大呆一脸认真劲，就可以知道这次大呆并没有预感到什么，只当是像往常一样，跟主人一起出去转转就回来。只不过这次有个男人司机要带他们去一个远一点的地方而已。

　　本来宋大臣也要跟李耕晨和大呆坐在后座上的，可大呆体积不小，他只好坐到了前座去。

　　大呆找了个舒服的姿势坐好，而后直接将头放在了李耕晨的大腿上，没过多久，晚上捣蛋留下的瞌睡症又患了，它水润的黑鼻头翕动着开始打起了均匀的小鼾。

　　李耕晨轻轻地抚摸着大呆的头，失笑着低声道："看把你困的，谁让你三更半夜地瞎捣蛋，惹你阿爸不高兴，也把自己给折腾了。你啊……这就叫自作自受！"

他这话里话外都是责怪的意思，但宋大臣和开车的司机都听出了李耕晨语气里的温柔和宠爱。

宋大臣转过头来，再次对李耕晨说："李伯，这次你记一下路，要是什么时候想大呆啦，就来看它。或者你提前给我打电话，如果我也在城里，我就顺道捎你过来！"

李耕晨有点感动，但多少也有些不好意思："这……这怎么好意思。"

宋大臣爽朗笑道："这有什么不好意思的。大呆是您的家人，无论它在哪里它都是您的家人。您想探亲，当然是随时都可以的。"

"谢谢！"

李耕晨听到"探亲"二字，又忽然想起女儿来，要是女儿知道大呆寄养这事，她是坚决不会同意的，他心里头觉得有点愧对女儿的感觉。

宋大臣从后视镜里看见了李耕晨的神色，问道："李伯，您是不是还有什么难处？"宋大臣其实想得挺简单，他觉得李耕晨送大呆寄养，可能是因为家庭条件的原因。

如果是这样，他是愿意施以援手的。但他和李耕晨相识多年，知道如果直接说出来，会让这个倔强的老头抹不开面子，他也不便说穿这件事。

李耕晨沉吟了好一会儿，却觉得有些说不出口。

"李伯，您有什么直说就好，只要是我力所能及的事儿，咱们一起想办法解决。"宋大臣顿了顿，接着说："我也不瞒您，事实上，我奶奶也很喜欢狗狗。当年她就养了一只和大呆长得几乎一模一样的狗狗，唯一不同的是，她那只是个女儿，可后来狗狗没了，奶奶一提起就十分伤心，但几年前她看见了大呆，觉得非常开心……所以后来就让我来问你卖不卖啦。"

说到这里，他有些不好意思地挠挠头："这次，您愿意让大呆来我家寄养，我奶奶也是非常高兴。我是奶奶一手带大的，对我来说，没什么能比让她老人家高兴更重要的事了。"

李耕晨倒是没想到，宋大臣要狗的背后，竟然还包藏着自己的一片孝心："有你这么孝顺的孙儿，你奶奶蛮有福的！"

宋大臣笑道："所以，您帮了我这么大的忙，我心里也是很感激的。如果您有什么为难的地方，您就只管开口。"

见这小伙子这么诚恳，李耕晨也就坦诚地对宋大臣说："其实吧，大呆是我女儿的心头肉，我这次把大呆寄养在你家，她是不知道的。如果她知道了，肯定会非常生气……"

宋大臣想起了那个活泼可爱的小姑娘来，笑道："我想起来了，当年我要买大呆，您原话是这么说的'我家大呆是柯儿的命根子，我要是卖了它，柯儿非得跟我拼命不可'，李伯，是不是？"

李耕晨摸摸鼻子，说："你竟然记得那么清楚。大呆确实是我家柯儿的命根子。"

"那是自然。"宋大臣说，"你别看现在爱狗的人士那么多，但我出到那样的价格，能不为所动的，其实并不多。"

当年宋大臣也算赚了点小钱，听他奶奶说看见了一只和莎莎几乎一模一样的狗，他想都不想就打算重金去买了。为了奶奶，也为了李耕晨能一口答应下来，他开价就是李耕晨当时买那小房子的价格。

李耕晨推测："这么说，你家有很多狗？"

宋大臣摇摇头："没有没有，就算我买了也没用啊。当年我奶奶没了莎莎之后，心里就一直挂念着它，对别的狗狗没一点兴趣，后来家里头就再也没有养过别的狗狗。"

李耕晨有些奇怪，宋大臣出手那么阔绰的话，也不可能就只找到大呆这么一只相似的金毛犬呀。

要知道，这金毛犬虽然贵重，可现在生活条件好了，也并不是什么稀罕之物。

宋大臣仿佛看穿了李耕晨的心思："有些时候，模样像其实并不是最重要的，最重要的还是狗狗的秉性。这一点，大呆真是和当初我家的莎莎一模一样。"

李耕晨略有所悟："原来是这样。"

"我家就是这么个情况。李伯，您那儿呢？您家柯儿，您打算怎么和她解释？"宋大臣微笑着将话题又拐了回去。

李耕晨说："我其实不打算和她解释呢。"

"不解释？您是怎么想的？"在宋大臣的印象中，李耕晨最爱的就是他那宝贝女儿了，现在他竟然说不打算向女儿解释这事儿，倒是让他觉得奇怪。

"我啊，是这么想的。等到她快回来的时候，她一定会给我打电话。到时候，我就提前去你家接大呆，等她走了我再给你送回去。"李耕晨搓了搓手，"那个……我也知道这事儿比较麻烦。就怕到时候你们不方便。"

"原来是这样啊！方便方便！"宋大臣不住地点头，"如果您女儿回来，您就给我打电话，我亲自把大呆送回来！"

李耕晨说："宋老板，你事业挺忙的，这事就给你的工作添乱了！"

宋大臣眼睛亮亮的："您帮了我这么大的忙，我感激还来不及呢，哪能说添乱呢。"

宋大臣住的地方离开明小区有一个半小时左右的车程，可老少二人你一言我一语地聊着，不知不觉中就到了。

李耕晨下车后，对面前的场景着实吃了一惊。

他原本猜想宋大臣只是买了个乡下的小院子，顶多是装修得古香古色。可没想到，宋大臣竟然在这依山傍水的地方盖了四间并排的三层小洋楼，高高的院墙围成了三百多平米的大院子，院子里珍花名木不少，亭台楼阁不缺，又从山上引下了活水来注入这院子的人工小溪。诸般景致，胜似人间仙境。

李耕晨心想：这开明小区附近那富人聚集的凤凰山庄，跟这里一比，那就跟农家小院儿差不多啊！这宋宅，真是太气派了！

不过，这其中最让李耕晨欣喜的就是，在楼房的侧面，有个空间很大的耳房，宋大臣介绍说："李伯，那就是大呆小朋友专门的房舍。建成之后，其实只有朋友的狗狗过来呆过一个晚上，其余时间都空着。现在大呆来了，那就是大呆的专属领地了。"

李耕晨有些咂舌。这狗舍，竟比他在开明小区住的房子还要大,全景的落地玻璃窗采光很好,而这里面的环境也是十分幽雅别致。

只是李耕晨十分不解,为啥这地上丢了这么多小孩的玩具呢?他想了一会儿想不通,就问宋大臣:"这你家孩子玩好了丢这的嘛?可得好好收起来,大呆就喜欢咬这些东西。当年它来我家的时候,咬坏了不少东西,硬是逼我钉了几个高一点的架子,把东西都放架子上去。"李耕晨爆着大呆的黑料,却又紧接着说:"不过它现在成熟了很多,很乖巧的。"

宋大臣笑笑说:"嗯,我知道大呆很乖的。"然后他指了指那些玩具,又说:"李伯,这些都是故意买给大呆嚼着玩儿的,它就是个小朋友啊。这些玩具都是由特殊的材质做成的,一时半会儿它大概咬不坏。我还没结婚呢,家里头没有小孩儿的。"

"哦,没孩子啊。其实有孩子也不要紧的,大呆可会哄孩子了。当年,我家柯儿遇上了不开心的事儿,只要大呆能过去卖萌逗趣,一准儿能笑!"李耕晨为大呆的爆黑找补。

而宋大臣也饶有兴致的样子,惊奇道:"大呆竟然这么厉害!"

"是啊!你都不知道,大呆没来我家之前,柯儿那胆儿真是小得不行,特别内向。打坏个碗割了手都要先哭着道歉,唯唯诺诺的。可后来多了大呆,柯儿整个人都开朗了,也因为照顾大呆而变得很有主见!"

宋大臣若有所思:"唔……那大呆还真是功不可没!"

李耕晨得意道:"是啊。听话又乖巧,可爱之处不少呢,要不是它跟我不亲，半夜老折腾我，我也离不得它。"

宋大臣笑道："可我一点也没看出来它跟你不亲啊，一路上趴你腿上的样子就很亲呢。"

李耕晨一愣，而后也笑："你这话，跟我女儿说的是一模一样的！"

说起李芃柯，李耕晨就又滔滔不绝起来。而宋大臣竟也不打断他，十分有耐心地听完了他的话。

因此，李耕晨觉得，这宋老板实在是个性格很好，人品也绝佳的大好人！如此，大呆留在他家生活，恐怕过得要比李家好得不止一两个档次。

而就在宋大臣和李耕晨在狗舍里交谈的时候，大呆也在里面东嗅嗅西闻闻地半点儿没闲着。

大呆很快就发现，这里面住过它的同类，它的尾巴开始有点夹的意思。这表明，它已经开始紧张了。它有些着急地围着狗舍转圈走，走几步就停下来看一眼主人。可主人和别人聊得正火热，根本就没注意到它。

大呆低低地哼了两声，似乎已经从这氛围中察觉到了什么。

大呆也不绕圈走了，夹着尾巴蹲在了李耕晨边上。李耕晨挪动几步，它就紧贴着他的裤脚走上几步。李耕晨停，它也就停下来。颇有点儿寸步不离的意思。

宋大臣和李耕晨其实都察觉到了大呆的不安。李耕晨微微皱眉，宋大臣就说："李伯，你不用担心，小动物从熟悉的地方到陌生的环境，一开始不适应是正常的。"

李耕晨点点头。

"那一会儿我先出去，您来带门？"宋大臣试探着问道。

"好！"李耕晨一口答应。

宋大臣先从狗舍里退了出来，半掩了一下门。李耕晨随后就按约定的那样，闪了出去，同时飞快地将门带上关死。

大呆瞬间就急了，"啪擦啪擦"地挠门，继而狂叫起来。

见李耕晨不但不理它，脚步声反而走远了，大呆忽然就开始发出了低低的呜咽。

这呜咽声，李耕晨只在它小时候听过。当时大呆刚来李家，和李家父女建立了信任关系后，一旦看不见他俩，小家伙就会搞出哭腔来。一开始是极低的呜咽，之后就会演变成震耳欲聋的人样的哭声，像是有人在折磨它。

那时，只要他或者柯儿一看它，它就露出开心的表情来。可一旦走开，又会一边吠叫一边打着哭腔。

现在，李耕晨不敢回头，他怕自己一回头就会看见大呆眼泪汪汪可怜兮兮的眼神。

宋大臣还打算邀请李耕晨今晚索性就住了下来，他奶奶今天去了香山做短途旅行，接到电话的时候就叮嘱宋大臣要留下李耕晨一起吃饭，还说要亲自感谢他。

可李耕晨听着大呆这么撕心裂肺的哭声，哪里还有心思做客呢？哪怕多留一分钟，他都会怀疑自己要反悔，然后强行将大呆带走。

"宋老板，我就不留了。到时代我向你奶奶问个好，真的是谢谢你们了。天色不早了，我就先回去了。"李耕晨一口气说完这些话，就朝门外走去。

宋大臣也不拦他，只是快步走过去表示要送一下的意思。

"李伯伯，你以后就叫我小宋或者小臣吧。我是一个晚辈，您这老板长老板短的，我心里多别扭啊！"

李耕晨道："这有啥好别扭的。你在城里都开好多店了，本来就是老板嘛！"

"还是别叫老板了，大呆现在住我家了，咱们以后就算是亲戚了！亲戚之间不要那么客套。"宋大臣神色格外诚恳。

"那我叫你宋先生吧。"

"那多生分，李伯伯就叫我小宋吧！"宋大臣说。

"好好！"李耕晨只得遂了他心意。

等到上了车，李耕晨打开了车窗，又听到了狗舍传来大呆凄厉的叫声。李耕晨犹豫了一下，还是一狠心什么都没说，任由宋大臣的司机踩了油门，绝尘而去。

李耕晨安慰自己：这也算是对大呆半夜捣蛋行为的惩罚了，这是公平的。

11

没有大呆的第一个晚上，李耕晨想着自己一定能睡个快意的囫囵觉。

他早早地洗漱完毕，刚钻进被窝，瞌睡虫就成群结队地蜂拥过来，没多久就发出了惬意的鼾声。

"大呆，乖，帮阿爸把鞋子拿来。"

客厅里，传来了芃柯训练大呆的声音。

随后，芃柯又和大呆玩儿起了捉迷藏的游戏，大呆追着芃柯进了李耕晨的房间。

"大呆，柯儿姐藏在衣柜里！"李耕晨示意着大呆，还打算去拍拍它的头。

可这一拍，却是拍了个空，他也瞬间从梦中惊醒过来。

他发现自己的手已经伸出了被窝，搭在床沿。原本，这动作的确是能拍到大呆的，可现在，床边却是空空如也。

李耕晨一下子睡意全消。他坐了起来，背倚着床头，就如同平日里大呆闹醒他之后，开始回想曾经的往事一样。

现在，李耕晨的眼前，只有"两个孩子"或捉迷藏或笑闹着滚在一起的身影。

自从女儿在李耕晨的生命里出现后，就把她看作是自己人生的全部意义，他的天空从此五彩缤纷。他工作也越发卖力，连续数年都在单位上评为先进，并当上个小头头，只短短几年就提了干。那会儿单位已经效益不怎么好了，工资也不算高，后来国企改革，李耕晨下岗，这日子着实算不得太好。即便是这样，李耕晨还是严格遵循着社会上流传的女儿要富养的金科玉律一手把芃柯带大的。只要别家孩子有的东西，李耕晨哪怕是从自己嘴里省下来，也要让芃柯一样拥有。

即便是这样，芃柯还是沉默而又内向的。李耕晨心里清楚，关于女儿的身世，村子里有不少流言蜚语传到了芃柯的耳中，她时常刻意躲避着。后来，随着大呆的到来，女儿脸

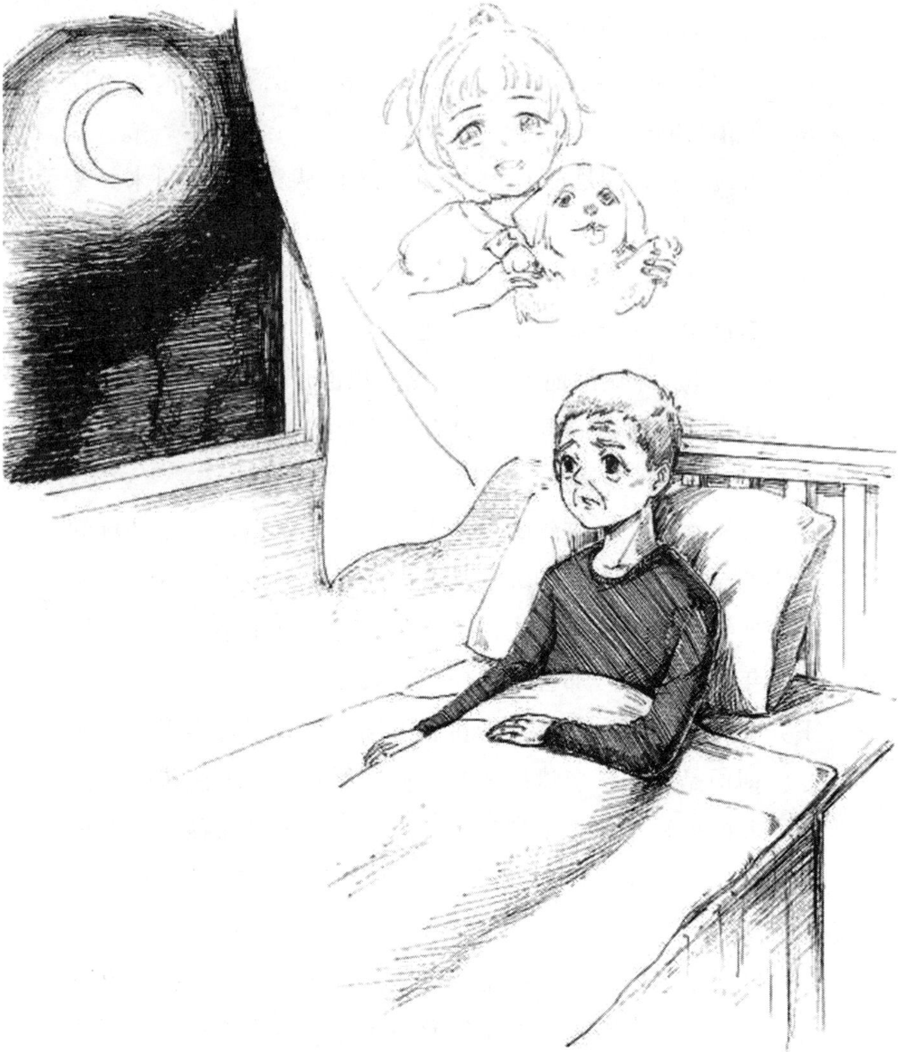

上的笑容就渐渐地明媚起来，整个人也渐渐活泼开朗了。

到了芃柯上初中的时候，李耕晨心疼女儿每日在城区和家里之间来回奔波，确实辛苦了些，于是就做了个大胆的决定——用自己的全部积蓄，给芃柯在开明小区买了一套不错的房子。并且很快就带着这个世界上唯一的亲人，搬了过来。在这个全新的天地里，芃柯再也听不到村子里的那些流言了。

开明小区里的人确实比村子里的人要开明些，大概是见惯了城里老来得子的桥段，所以对这对年龄差略偏大的父女也并没有抱以奇怪的目光，觉得这李老头一定是个有能耐的人。

左邻右舍和小姑娘一样，偶尔也会问起她母亲的下落，李耕晨告诉他们的答案是妻子车祸去世，说芃柯是她母亲留给他的最后也是最好的礼物。

小姑娘尽管有些疑惑，但也慢慢接受了李耕晨的这个解释。她有时候也会问父亲"妈妈漂亮不漂亮"、"我和妈妈谁漂亮"之类的问题。

李耕晨的答案永远是肯定的。这世上，怎么可能会有比亡妻更美的女人呢？哪怕是女儿，都比她不得。

小姑娘鬼精鬼精的，摸清了李耕晨的态度后，就再也不问"我和妈妈谁更美"了。

就这样"一家三口"的日子，变得有声有色起来。

后来，李芃柯大学毕业了，可小姑娘却觉得自己从小到大都是在家门口这几座城市转悠，没见过多大世面。她跟父亲说，想要趁年轻去北京闯荡几年，丰富一下阅历的同时也磨练一下自己。等个两三年再回家来找个好工作，或者自己办个舞蹈培训班之类的。

李耕晨这一生都在和至亲的人分离，多半是眨眼间说没就没了，而今剩下小芃柯，却又要生生地离开。李老头一时半会儿是怎么都接受不了。

因为这件事，父女俩发生了此生以来最激烈的一次争吵。

吵完后，父女俩各自摔门进了卧室，谁也不理谁。大呆就在那个时候发挥了它隐藏了多时的技能——开房门，它一会儿过来看看这个，一会儿过去闻闻那个。一会儿又叼了李芃柯的舞鞋给李耕晨，一会儿又偷了李耕晨的老花镜给李芃柯……

大呆来来回回乐此不疲，半小时后，父女俩各自的房间里多了很多对方的东西。他俩在大呆这活宝的撺掇下很快就回客厅握手言和了。他俩心中都觉得，如果再不握手言和大呆大概能把他俩的房间都掉了个儿。

最后这事还是以李芃柯的心愿达成而告终，她便收拾行囊上了北京。一开始的时候，她还是三天两头地往家里打电话，问候李耕晨和大呆。

只不过，李耕晨对她所说的京城的新鲜事物并不太懂，每每都会产生误解，或者闹出笑话。有时候着急了，多问两句，柯儿虽然也总是十分耐心地解释，李耕晨却依然弄不懂，就会生气地说"早跟你说你不要去，你非不听大人的！"

也就是那个时候，李耕晨才意识到，什么叫做代沟。他所理解的代沟，就是一座熟悉的地方小城与陌生首都的距离。于是，他开始恐慌，开始心虚，有时也会在电话里头对着柯儿发发脾气。

李芃柯倒是理解父亲没有女儿在身边时的孤单生活状态，每次他发脾气，她都会耐心地哄哄，天南海北地说些笑话给李耕晨听。

而李耕晨身边又有个能卖萌逗趣儿的大呆，渐渐地，也就适应过来了。

后来，李芃柯的工作渐忙，打往家里的电话便稀少起来。李耕晨这才意识到，当初那些"听天书"的日子，也是如此的值得怀念。但一想到当时自己那臭脾气，又后悔地心疼起芃柯来。

李芃柯电话变少之后，李耕晨反而不怪芃柯了。因为他也经常听到小区里的老头老太太们说起职场里的竞争是多么的残酷和不易。

开明小区里有个老太太的儿子，性格木讷本分，就是在那人才济济的首都发展，天天加班不说，偶尔还要被同事排挤，听说有回憋不住了，打电话回家找娘诉苦，哭得跟个断奶的孩子一样。

李耕晨不止一次听过类似的故事，想起之前对女儿的"无理取闹"，便愈发自责起来。尽管后来打电话的时候，芃柯一再跟他说自己在外除了工作忙些，其实过得还挺不错的，同事领导都是很好的人，李耕晨也依然担心她在人生地不熟的大都市里受苦受累受欺负，甚至常常想着想着，就不由自主地掉下眼泪。

李耕晨的"两个孩子",现在就剩下调皮的大呆填补李家这个空荡荡的房间了。很长一段时间里,李耕晨总在怀疑,自己这一生唯一抓得住的恐怕也只有这捣蛋的大呆了。

现在可好,就连大呆也离开了自己。他想:你说这世界有多混蛋,混蛋到连一只狗狗都要离开你。难道自己的这一生注定只有孤独陪伴,李耕晨的心像是被这漆黑的夜掏走,胸口显得空荡荡的,就连七魂六魄都仿佛离开了身体,在空中漫无目的地游荡着。

李耕晨披了衣服下床,没有开灯,在床头柜上摸到了打火机,点燃一支烟。只见烟头忽明忽暗地在黝黑的房间里明明灭灭,偶尔伴随着他的一两声咳嗽。

这夜,很静很静。

如果大呆在的话,它一定会坐在李耕晨的对面,直到这个烟头彻底熄灭。这时,或许还能听见它劲道十足的尾巴打在放衣服的椅子上的声音,"哒、哒、哒"。

如果李耕晨要坐到天亮,大呆发现了也一定会陪着一块儿坐到天亮,只不过会像小鸡啄米一样地点着头,身子歪一歪然后自动修正。

那样的时候,李耕晨总会下意识地去摸大呆的头,这次也不例外。

他手伸出去绕了一圈,对面却比他的心更空。

原来,对坐的大呆也只不过是他愣神中的幻象而已。

他的大呆就像是一只放飞的风筝,李耕晨身上的每一根神经都像是那根永远也不会断的线，在他的脑海里一直拽到了天亮。

可天亮了，房屋里一切东西都清晰起来，李耕晨却觉得心里更空了。他总觉得哪个角落里都有大呆的身影，却哪里都只是幻影。

拽着大呆的那根风筝线，此刻连在了他的灵魂上。有时勾着勾着疼，有时扯着扯着疼，便是片刻也不得安生。

李耕晨似乎比以往都要健忘，早饭、中饭、晚饭都煮多了。

整个人都有些恍惚，每次都是要给大呆打饭的时候，或者已经拌好饭了才会想起来。

这思念的阵痛，竟然比柯儿离家的时候来得还要猛烈些。

李耕晨想了想，就想明白了其中原委——柯儿离家的时候，虽然也因为思念柯儿而失魂落魄，可好歹身边还有个大呆陪着呀，那会儿还能和大呆说说话，还能以照顾大呆的方式，弥补柯儿离开带来的空荡感。

如今，大呆一走，他孑然一身，他的心口像宇宙中的风洞越开越大，深不可测。

12

传说有灵的万物，一旦与人类有了心灵的交汇，便在彼此的灵魂土地里生长出永不落叶的相思树。

分开后的第二个晚上，李耕晨的那棵相思树依然在梦里摇曳着。

梦境里，大呆在宋家的豪宅里整晚整晚地担惊受怕，依然像人一样地哭叫着。

那一声声揪心的哭喊几乎让李耕晨窒息，他拼命地从梦境里逃了出来。他仿佛一条离水的鱼，大口大口地喘息着，那口闷在胸口的气似乎怎么也呼不出来。

他索性掀开被子坐了起来。

卧室的窗户开着，夜风带着点儿凉意卷了进来，把李耕晨吹了个透心凉。李耕晨捂着胸口，心神稍微稳了些，可手掌下心脏的跳动频率却丝毫没有放慢。

枯坐半晌，李耕晨终于长长地叹了一口气："唉……大呆这一走，我这睡眠质量却是更差了。"

李耕晨想想如今这滋味儿，却怀念起大呆那些捣蛋的日子来，似乎那是一种十分甜蜜的负担。

大呆在梦境里的哭声仿佛还在李耕晨的耳边回响着。

人们常说梦与现实是反的，大概这家伙现在正窝在那豪华狗舍里呼呼大睡呢！听说那边夏日和冬季还会有空调，沙发小床更是看着都觉得舒适……

可是，李耕晨又忽然想起，芃柯曾经说过，狗狗是十分容易患上分离焦虑症的。如果主人一旦消失，它就感到自己的未来成了一个无法解开的谜团，内心因强烈的生存危机而极度痛苦。

李耕晨不知道大呆会不会患上这种焦虑症，但这一回，确实是大呆来李家这么多年，第一次出现这种两个主人同时不在它身边的现象。

李耕晨开始暗示自己一刻也不能离开大呆。等到天半明的时候，他迷迷糊糊中就下定了决心，一定要把大呆接回来。

李耕晨想：再等个一两年，芃柯回来之后，他们这个三口之家，就会恢复昔日的热闹气象。现在就算我不睡觉，也只不过是两年时间而已。

这天一大早，李耕晨就摸起了手机，打算给宋大臣打个电话。

他一开始还有些犹豫，毕竟是自己要把狗狗送过去的，现在不过两日，就要反悔把狗狗接回来，不明就里的还以为这老头子精神上出了毛病，他还真有些不好意思开口。

到底该怎么说呢？

是照实了说离不了狗狗了，还是说柯儿打电话来要听狗的声音？或者直接说柯儿要回来了……

李耕晨思来想去，都觉得不管怎么说，给人家添麻烦是不争的事实。

但不管怎么添麻烦，大呆是一定要接回来的，哪怕给人家赔礼道歉。

打定了主意，李耕晨就从手机里翻出宋老板电话号码来。

可他正要拨过去的时候，手机却响了。一看来电显示，竟然是宋老板。

有道是伸手不打笑脸人，李耕晨接起电话就先笑三分，说："宋老板，你说巧不巧？我正想给你打电话呢，你就给我打过来了。哈哈……"

电话那头的宋大臣一愣,而后才说:"李伯,都说了,叫我小宋就好。"顿了顿,他又小心翼翼地问道:"伯伯,您要给我打电话,是不是因为大呆回去了?"

李耕晨依旧乐呵呵地,"是啊,就是为了大呆……"他说着就觉得哪里不对,一寻思,就焦急道,"你刚刚那句'大呆回去了'是什么意思?它回哪儿去了?"

宋大臣一听李耕晨这么说,就知道大呆没回去,但这事儿瞒不住,他也就照直说了:"李伯,大呆昨晚跑掉了……"

"什么?!"李耕晨只觉得脑袋里"嗡"的一声,像是被铁锤猛烈地撞击了一下,他慢慢地坐回了沙发上,说:"这怎么可能呢?怎么回事?你再说一遍。"

"它大概是昨天半夜三点跑的,因为两点多的时候,我奶奶说还听到了它的哭声。但是三点之后,就再也没有动静了。当时我以为它是叫累了。头一天晚上的时候,也是叫累了就睡的。第一天的时候,我发现大呆什么都没吃。今天一大早我去看它,发现狗粮什么都吃完了,水也喝完了。我还以为它适应了这屋子。就进去找了一圈,结果只在那一人多高的窗台上找到了它的几个脚印。它大概就是从那里跑的。"

"哎呀,哎呀,这可怎么办?"李耕晨听完着急起来。

"李伯,您先别着急。"宋大臣安慰道。

"宋老板,不着急,我怎么可能不着急呢!那是我的孩子,一把屎一把尿拉扯大的孩子,是我身边的唯一亲人,也是柯儿的心头肉。你说这事怎么办呀?"李耕晨用手捶了捶门框。

"李伯伯，我已经派人到周边去找了。"宋大臣尽可能语速平稳地安慰他，"您放心，大呆跑不远的，只要它还在周边，一定能找到的。"

"好，麻烦你了。一有消息就告诉我。"李耕晨的声音有些发抖。

"不麻烦。您先别着急，注意……"宋大臣还想说什么，李耕晨已经挂断了电话。

李耕晨的心脏扑通扑通地跳着，他坐在客厅的沙发上愣愣地看着茶几，到午饭时间尽管肚子饿得咕咕直叫，他也没想吃饭这事。

晌午一过，转眼就是黄昏，李耕晨手中握出汗来的手机，没有他所期待的那样，传来令人欣喜的铃声。

天空开始拉下了黑色的帷幕，楼外传来一阵阵自行车的铃声和汽车的喇叭声，那是下班的人们陆续回到了家。李耕晨臆想着，大呆也是他们中的一员，在某个不经意一刻，大呆就回来了，用它惯用的前爪扒响了家门。

当外面的嘈杂声趋于平静的时候，李耕晨开始心烦意乱起来。

李耕晨拨了一下宋大臣的电话，一直都是关机的状态，一团团的疑问像乌云压城一样笼罩着他的整个心绪。

李耕晨在想，大呆在那么有限的空间里，怎么可能跳到那么高的窗台上呢？大呆壮年的时候都未必能办到的事，这会儿就更是天方夜谭了，况且以往也关过狗狗。他开始怀疑这是个阴谋，宋大臣为满足他的奶奶独自拥有大呆而编造出这么一套鬼话来骗他。宋大臣的电话关机，这似乎印证了李耕晨的猜测，让他更加感到不妙。

就在李耕晨越想越气的时候，门外响起了敲门声。

"李伯，是我啊，小宋。"有人在外面喊道。

李耕晨一听对方竟然上门来了，想必有了大呆的消息，顿时觉得自己刚才的想法是否有点荒唐。

李耕晨欣喜地冲上去开了门："怎么样？找到了是吧？"

宋大臣看着老人用眼里带光的神色看着自己，脸上便呈现出一副很是难为情的样子，他也不愿意编瞎话骗他："李伯，我是沿路找过来的，没找到。"

只一句话，李耕晨心里头才打消的那些疑虑啊，瞬间又开始躁动起来。

李耕晨盯着宋大臣，带着怒意说："宋老板，您可不能把我的大呆弄丢了，它是我的命根子！"

宋大臣见李耕晨恼了，也不知道如何安慰，有些难为情地说："李伯伯，这大呆长腿的东西，能不能找到，我只能说是再找找，我会尽力的。"

"不是找找，是一定要找到！"李耕晨板着脸，那话都是一个字儿一个字儿地往外蹦的。

宋大臣面对李耕晨死死地盯着的眼神，略为沉思了一下，沉吟道："李伯，这件事我真的是很抱歉。您看这样好吗？我先给您五万块钱，等找到了大呆，我就接着给您养着，如果找不到，这个就算是赔偿金。不够的话，您跟我说，还要多少，我都会给您。"

李耕晨一听这话，就想起前些年出重金买下大呆的情景，现在越发觉得宋大臣是在敷衍他，以钱换购大呆才是他的真正目的。李耕晨这心里头就像塞了一捆干柴，有种即刻被怒火点燃的感觉。

"宋老板，我知道你有的是钱，你要知道大呆是寄养在你那里，不是卖给你！你家也曾养过狗，情感这东西哪能是钱可以买卖的，我说了，大呆是我的命根子，没它我怎么活啊。"李耕晨黑着脸，盯着宋大臣的眼睛，一字一句道。

话到这个份上，宋大臣哪里还听不出来李耕晨话里话外的猜忌。急忙说："李伯，对不起，我不是那个意思，大呆真的是丢了，就是那年您拒绝我之后，我就从来没有想过把大呆据为己有，这个我不可能昧着良心糊弄您老人家。我知道钱代替不了您对大呆的感情，我只是怕万一找不回大呆，不知该用什么弥补您。我想，您应该相信我的为人。"

李耕晨见他说得这般诚恳，仔细想想他的家庭，也似乎不是那种无赖之人。这时候，他倒是真希望大呆是被宋大臣藏起来的，至少证明大呆还活着，可现在大呆真的是生死不明。

李耕晨错怪的羞愧和满腹的担忧，在心里剧烈地翻滚着，他两腿一软摇晃着后退了两步。

"伯伯！"宋大臣赶紧冲上去，将李耕晨扶到了沙发上，又安慰道："伯伯，我来之前，我奶奶就同我说，大呆这样忠烈的狗狗，就算逃了，也多半是回来找您，所以现在您真的不用这么绝望。之后我会继续找的，不过您家这边您也多注意，说不准什么时候就回来了。"

画饼充饥的猜测终归只是一种美好的愿望，李耕晨感到无法面对这种残酷的现实，从宋家到开明小区，汽车都跑了一个半小时，那些九曲十八弯的乡间公路，大呆就算有火眼金睛，恐怕也难以准确辨认出来，何况它根本不是在大路上跑，否则早就被寻找的人发现了。

现在，李耕晨不知道宋大臣说了些什么，一句也没有听进去。若不是宋大臣还在这里，他一定会号啕大哭一场。

李耕晨扶着头喃喃自语："唉，这事都怪我，这事都怪我，我真老糊涂了，唉，大呆本来活得好端端的，它也没让我起不来床，也没伤害我，我又不是没能力照顾它，为什么非要把它寄养呢……"

宋大臣看着李耕晨这样，心中很不是滋味："伯伯，虽然我不能给您打包票。但是我会想尽一切办法找到大呆，我想到一个好办法，觉得希望还是蛮大的，所以您真的不要太过伤心，要好好保重身体。"

李耕晨猛然抬起头来，追问："什么好办法？"

"我打算在楚江的几家媒体和微信公众平台上发个'寻狗启事'。"宋大臣说道，"大呆离开我们的时间不是很长，跑得也不会太远，应该还在我们楚江的这块地盘上。"

宋大臣在来李家之前，已经跟当班的媒体朋友打过招呼了，他这次亲自来，其实就是为了问李耕晨拿几张大呆的照片来。

李耕晨不知道微信是个啥，倒是见过电线杆上贴的寻狗启事，但是效果实在是不怎么样。所以情绪并没有好转多少。只是淡淡道："你多费心了。"

宋大臣又解释说："伯伯，我这个寻狗启事是要在报纸上登的，这样，楚江地盘上的人都会看到，还有那个叫'毛孩的名义'微信群，也是个很大的平台，几乎周边县市喜欢养狗的都在上面，他们都会帮忙寻找的。我保证，只要大呆没被昧良心的人打，就有九成以上的把握找回来。"

李耕晨眼睛都瞪圆了："九成？真的？"

"基本没问题。"宋大臣笃定道，"事实上，我这次来，就是来问问，您家里头有没有大呆的照片。最好是特征十分明显的，让人一眼就能认出它的那种照片。"

"有！"这个当然有，"我家柯儿放假了也没有别的爱好，就喜欢给大呆拍照。单照和合影都不少。"

李耕晨从苪柯的闺房里抱出了两大本厚厚的相册来。相册的封面上，是柯儿娟秀又不失力道的字体——《亲亲大呆》。

"小宋，你自己选吧，我家大呆近些年的照片，都在这里了！"

宋大臣其实想说，只要最近一年内的照片就可以，但是视线一触及那娟秀又漂亮的字，他就接过了相册，说："好！"

宋大臣一页一页地翻将过去，发现每一张照片下面，李苪柯都认真地记录了那是什么时候什么地点给大呆拍的。有的还给大呆配了十分可爱的小台词。

宋大臣到底只是来挑合适照片的，这厚厚的两大本，他若是坐着细细品，慢慢看，到底不大合适。他挑重点仔细看了之后，飞快地全部浏览了一遍，然后就挑了大呆拍摄时间最近的两张照片出来。

一张是单照，另一张是芃柯抱着大呆的合影。

李耕晨看了他挑的那两张，微微皱眉："这张里面有柯儿。"

宋大臣一本正经道："一年内只有这张照片上的大呆露出肚子。我对比了很多照片，发现大呆比别的金毛特别的地方就是额头和肚皮上有一块浅浅的乳白色斑点。大呆和我家莎莎像的地方就是这额头。但莎莎肚子上是没有白点的。所以特征这东西，真的是很重要。"

李耕晨翻了翻相册，发现露出肚子的还真是只有这一张。他拉着宋大臣又说了一些大呆的特殊习惯，希望他能把寻狗启事写得更详细且准确些。

宋大臣一一应下，而后就带着照片走了。

宋大臣最后所说的胸有成竹的寻狗办法，像给李耕晨打了一剂强心针，心里有了极大的安慰，他打起精神煮了一碗面条填充了一下早已叽里咕噜唱着空城计的肚子。

饭毕，李耕晨依然坐在沙发上，也没有回卧房的意思。他清楚他回房间是没法入睡的，那些大呆进进出出的画面，已经铺满他的脑海和房间四壁。

屋子里渐渐冷清下来，李耕晨也懒得洗漱，瞪着眼倒头就蜷缩在了客厅的沙发上。

主灯已经熄灭了，只留下光线昏暗的壁灯。李耕晨就借着这点昏暗光线，无意识地打量着房间的轮廓……

13

李耕晨或惊喜或失望地揣测着大呆或好或坏的无数种结果。

或者大呆今晚会跟宋大臣在路上碰个正着，可是以大呆这出逃都要吃饱的性子，恐怕一见宋大臣，就闪得无影无踪了。

又或者大呆分不清那么多的岔口，迷了路，再也找不着家，最后被好心人捡回家养了起来，毕竟大呆的生相好看，是个人见人爱的美男子，这种可能性也不能排除。

再或者大呆凭借着灵敏的鼻子，终于回到了它阿爸的身边，过着童话般的幸福生活。

李耕晨想，若真能如第一种、第二种这样，哪怕宋大臣不能带回大呆来也行，至少大呆能活着，他也能接受。当然，他最祈祷的还是最后一种了。

但也有一种可能，李耕晨却不敢揣测……

可说是不敢揣测，他心中又怎么可能没有这样的准备呢。

思来想去，他就起了身，盘腿坐起来双手合十求老天保佑大呆平安。

他不是信神佛的人，可现在，他却想至少为大呆做点儿什么。

说来也是神奇，李耕晨这才祈祷完了，外面就传来了

"砰砰"的敲门声。

李耕晨心中挺奇怪，他来小区这么多年，头一回见这么晚了还有人光临。

不过，想想之前忽然到来的宋大臣，李耕晨心中就又升起了希冀来。莫非他已经找到了大呆？

"哪位？"李耕晨起身后问了句，可因为折腾了一日，这声音多少有些有气无力。

回应他的又是"砰砰"的敲门声。

李耕晨三步并作两步，上前急忙打开了门。他整个人像个千年不倒的木桩立在那里一动不动。

"大呆！"

李耕晨喊出了声。

李耕晨牵肠挂肚的大呆，正摇着尾巴、吊着舌头、喘着粗气儿蹲坐在门口，目光炯炯地看着他。原本那一身金黄色的毛发，也是脏兮兮的，弄得有一块没一块地纠结在一起。

李耕晨怀疑是自己的幻觉，或许自己正在梦中。他一会儿掏掏耳朵，一会儿揉了揉眼睛，就是不敢相信大呆真切站在了自己的面前。毕竟，在这一天里，他的眼前出现过太多这样的场景：有时候仿佛看见了大呆从厨房里走出来，有时候又怀疑大呆就在柯儿卧室的阳台上，还有时候以为自己抬手就能摸到它……

李耕晨苦笑着喃喃道："现在竟然看见你回来了，我就知道大呆知道阿爸会担心你的……"

李耕晨话音未落，大呆仿佛十分不满主人竟然没有摸它

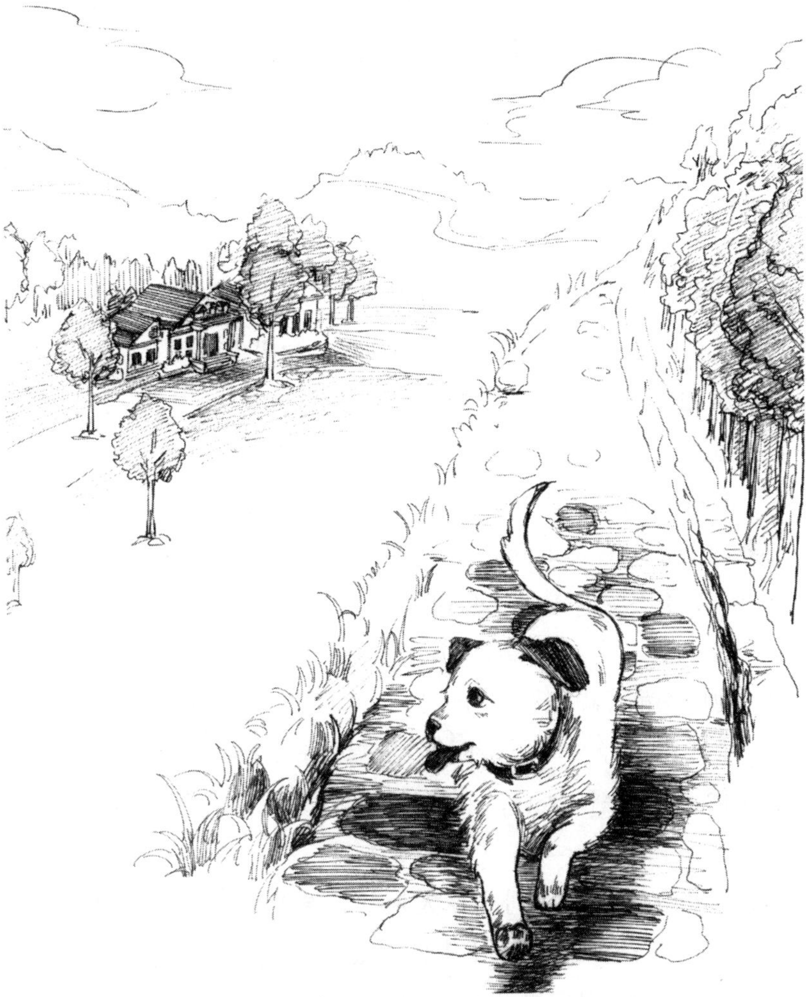

头一般地"嗷呜"了一声，而后又站起身来，"嗯嗯"有声地前脚趴在他的身上。

李耕晨对它这个动作是半点儿都不陌生的。当初芃柯上大学的时候，回来看它，它就会这么激动地站起来，求抱抱。

"大呆！"李耕晨实实在在地摸着了大呆的头，他确定这一切不会再是幻象了。

李耕晨赶紧蹲下身来，把大呆一把紧紧地搂进怀里，抱了起来进了卧室。他这连日来空荡荡的内心瞬间被填得丰盈充实。大呆迎合上去在他脸上讨好般地舔来舔去。

一向都嫌弃大呆那满是口水的大舌头的李耕晨，揉着它的脑袋任由它疯狂般地亲昵，他的眼角涌出了泪水："阿爸再也不会把你送给别人了，阿爸再也不跟你分开了，再分开阿爸就遭天打雷劈，不得好死。"

李耕晨抚摸着脏兮兮的大呆，眼神里写满心疼——这一百多公里有山有水的路，大呆一路跑回来，一定受了不少的惊吓，吃了不少的苦头才回到家里。

这一夜，李耕晨是抱着脏兮兮的大呆在客厅沙发上睡的，他们俩都睡得很沉很香，日上三竿了方才醒来。

宋大臣已经发动了亲朋好友一起加入到寻狗的队伍。他在媒体和微信平台上，刊发了他昨晚连夜设计好的寻狗启事。

宋大臣把这一系列寻找大呆的方案和行动安排就绪后，便给李耕晨打电话告知一下事情的进展。

"李伯，寻狗启事我已经顺利发出去了，不仅是报纸上有,今天中午十二点半,咱们地方台的午间新闻上也会播这一则启事,您可以看一看。"

李耕晨闻言一拍大腿:"天哪!不用了不用!"

宋大臣:"啊?"

李耕晨突然意识到,光顾着开心,却忘了告诉宋大臣一声,让他折腾了一宿。

"宋老板,你看看,你看看我这老头的记性……"李耕晨无比歉意地解释,"真的是很对不起,我忘了告诉你大呆回家的事情了。昨天半夜它忽然就回来敲门了,后来我就把你这茬子事给忘记了,忘光了。你赶快把广告费撤回来吧,真的是很对不起你!"

宋大臣听完李耕晨噼噼啪啪的一通后,很开心地笑道:"李伯,没事没事的。只要大呆回来了就好,我高兴还来不及呢,那点广告费算不了什么,就算是给大呆亮个相,作个纪念也好。"

李耕晨充满歉意地说:"宋老板你算算看,这广告费是多少?你给我个数,我就算一点点省,也得还给你……"

"李伯,您这就见外了,哪能说这个话呢。"宋大臣赶紧打断他,"只要大呆安全回家了,这都不是事儿。而且,我都是请朋友帮忙的,都是优惠价位,没花多少钱的。"

"没怎么花钱,那也是花了啊,我出一部分吧,我图个心安。再说,大呆回家了,花点钱我也开心。"李耕晨执拗地说。

宋大臣知道老头硬气,就撒了个善意的谎言:"伯伯,其实不瞒你说,这些地方我真是都有认识的朋友,基本可以说是一分钱没花。而且就算花了,也是应该的。毕竟,是我弄丢了大呆。现在找到了就好,不然我就成罪人啦。"

李耕晨听宋大臣这么一说,心里也就释然了,觉得这年轻人会来事,也难怪他事业做得那么好。

宋大臣心里还是惦记寄养的事,又试探性地问:"李伯伯,如果我能保证不再让大呆跑了,您能让我再养着大呆吗?我可以把狗舍的窗户再改造一下,保证大呆不会再跳出去的。我也懂得狗狗的习性,如果我和我奶奶再花些时间跟大呆沟通的话,它肯定会接受这个新家庭的。"

大呆看到主人坐在沙发上打电话,又听见不时提到自己的名字,就直接跳上了沙发。

李耕晨看了大呆一眼,心里说:放心,我不会让你走的。

李耕晨婉言谢绝了宋大臣的请求:"宋老板,我还是自己养着大呆吧。说实话,离了大呆的这两天,我是吃不好、睡不好。你要是还喜欢大呆,你是可以随时来看它的,还是跟以前一样。"

宋大臣大约也是猜到了这个结果,虽然有些遗憾,但他理解李耕晨这种出尔反尔的矛盾心理。

这天,也算是个喜庆的日子,"姐弟"俩像约好一样,大呆凌晨回来,当天下午李耕晨就接到了女儿李芇柯打来的电话。

李耕晨按了接听键,还没来得及"喂"一声,就传来李芃柯急促的问话:"阿爸,咱家的大呆丢了?"

　　"哪个说的?"李耕晨心里发虚。

第四章
原来你是我的天使

14

　　李芇柯有个癖好，不时地关注着有关家乡的所有信息。

　　这天，李芇柯正忙着参加公司安排的一场大型演出，在候场的时候着实觉得无聊，便拿出手机随意划拉着"楚江第一百姓"的微信公众平台，她一眼就看到了头版头条上大呆的靓照。

　　李芇柯一开始还以为李耕晨带着大呆参加了什么活动，成了明星狗呢。再细看下面所配的文字，才知道这是一条寻狗启事。

李芃柯在"毛孩的名义"的狗友微群里，看见大家争相转发着这条信息。她再三确认这就是大呆，顿时就有些慌神了，她飞一般地冲回休息室，拿起手机就给父亲打电话。

李耕晨听完李芃柯所说的消息来源后，就定了心神，矢口否认道："柯儿啊，你是不是工作压力太大了，看花了眼啊？咱家的大呆怎么可能丢嘛，绝对是你看错了。"

李耕晨想好了，这寄养的事儿，绝对不能让芃柯知道，不然这小女儿心里还指不定怎么说她阿爸心地不善良呢。

她皱眉道："阿爸，我怎么可能会看错啊！大呆的照片，那都是我自己拍的，那上面的图，只是简单地裁剪了一下而已，那明明就是大呆呀。"

李耕晨看了一眼趴在脚边的大呆，底气就又足了点儿："这长得像的狗狗多了去了！大呆在家好好的呢，你忘记有一年有个人说他家狗狗就像极大呆的事。"

李芃柯还是有些怀疑："阿爸，你现在拍张大呆的照片给我看看。"

李耕晨有些傻眼儿，端详了一下大呆，为难道："我怎么拍？"

"用手机拍呀！"芃柯说。

可说完了，李芃柯才想起来，她阿爸省吃俭用的，现在用的还是那种老式的键盘手机，压根儿就没有拍照功能。再看看自己手里的手机，李芃柯有些心酸起来。

"阿爸。"她放柔了语气，"我忘了你的手机不能拍照了。改天你去换个能拍照的智能的国产华为手机吧，不要用这种老年款式的手机了，多不方便啊。对了，我很快就发工资了，你去挑一个你喜欢的吧。"

"不用不用不用！"李耕晨急了，一边摆手一边道，"我就用现在这个就挺好，简单些，换成高科技的我也搞不会，再说了，咱们小区的老头老太太都用这种，这种就挺适合我们老年人的。"

李芃柯有点不高兴地说："阿爸，这事你得听我的。"

李耕晨说："柯儿，你自己的工资自己攒起来，在外面，要自己多留点钱傍身，万一有个什么事可以救救急的。"

李芃柯说："我自己会照顾好的，你别管那么多了，你照顾好你自己和大呆就行了。"

李耕晨本以为扯开了大呆的话题，李芃柯却又把话锋转了回去，"我一会儿打那个寻狗启事上的电话问问，这到底是怎么回事。你是没看见哇，那狗狗，真的是和咱家的大呆一模一样！真是太奇怪了！"

"柯儿，我让大呆叫两声儿给你听吧。"李耕晨急着说，又拍了拍大呆的头，"大呆，给你柯儿姐听听你的声儿。"

说着，将手机按了免提递过去。一听是"柯儿姐"大呆顿时就有些激动起来。跳起来就满屋子转悠，口中发出"嗯嗯嗯"的声音。

"大呆，你个笨蛋！"李耕晨笑骂道，"电话，在电话里呢！"他晃了晃手机。

大呆见主人一直在指着手里那个小盒子，它歪着脑袋十分不解地看着手机。

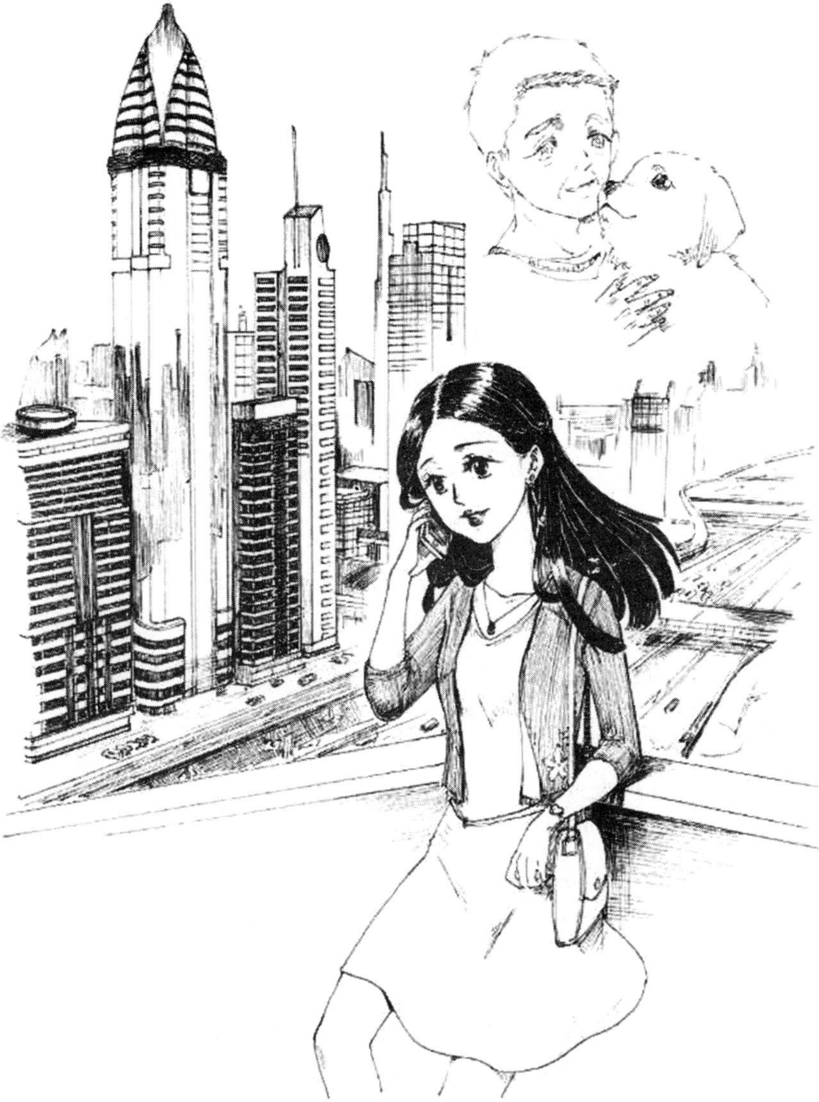

"过来！"李耕晨命令道。

李芃柯在电话那头，其实也听到了大呆哼哼唧唧的声音，这下她才放下心来。她对着电话大喊："大呆！"

手机里传出了李芃柯的声音，尽管带着机械声，可那种语气和力道，都是大呆所熟悉的。

大呆愣了两秒后，就朝李耕晨冲过来，然后大声地朝着手机叫唤，一边摇着尾巴，一边想要跳起来够手机。

李耕晨有些担心大呆狂起来大概要把手机咬坏，就一边举高了手机，一边拦着大呆。哄道："欸欸欸，咱们说好了，这可只动口不能动手的，弄坏了可就听不见柯儿姐的声音啦！"

李耕晨也不知道大呆嘴里的呜呜声是啥意思，就对李芃柯说："瞧，大呆是叫柯儿姐从电话里出来呢。"

李芃柯闻言捧腹不已。心道：阿爸和大呆待久了，真是越来越可爱！

李芃柯笑着回答："这窗口有点儿小，我可得像孙悟空一样变成一缕青烟飘进去。哈哈，等阿爸换上智能机，咱们就可以看见啦！"

一家三口笑闹了一阵，终于挂了电话。

李耕晨的不安并没有完全消除，那媒体刊登的毕竟是大呆的照片，万一芃柯真给宋大臣打个电话，那岂不是全露馅了。

李耕晨一刻也不敢多等，给宋大臣拨了电话过去。

宋大臣开口就带三分笑："李伯，您好啊！"

"你也好……"李耕晨顿时也笑嘻嘻地,和宋大臣寒暄了两句之后,他就直奔主题。"小宋啊,我家柯儿也看见那个寻狗启事了。如果她打你电话的话,你能不能帮着我圆一圆?她要是知道我把大呆送给别人寄养了,她指不定记恨我一辈子呢。"

"好的,没问题的,李伯您放心吧。这样的事,我知道怎么说的。"宋大臣一口答应了。

"哎,小宋那就麻烦你了。"李耕晨觉得这小伙子为人还是挺爽快的。

"您可别说麻烦,这事都是我引起来的,都是我该做的。李伯,您就放心吧,您家大呆的事,绝对不会从我这里走漏半点风声。柯儿万一打电话过来,我就当从没发生过关于大呆的什么事。"宋大臣说。

知女莫如父。真不出李耕晨所料,喜欢刨根问底的李芃柯,还是对那张与大呆极像的狗狗,产生了浓厚兴趣,没准这狗狗跟大呆可能还有血缘关系呢。

李芃柯从广告抄下电话,给宋大臣拨了过去。

宋大臣接到李芃柯的电话,装作一头雾水。随后又在闲聊中,他一口咬定寻狗启事上的那只狗狗就是他家的莎莎。为了自证,他俩相互加了微信,发了几张莎莎的侧脸图给芃柯看。芃柯一看,这狗的神态和长相简直太像了。

没几天,李芃柯特意给李耕晨打电话提起大呆照片这桩事。

李芃柯说:"阿爸!我跟你讲,你要是有智能手机的话,我就能把照片发给你看了,真是太像了呀!"

李耕晨一边摸着大呆,一边附和柯儿:"不用看了,你那天说过之后,我在小区时碰到一个小青年,在他的手机也看了这张图片,确实很像的。"

李耕晨自个儿想,这寄养闹出来的风波真是搞出不少节外生枝的事,当初大呆捣蛋的事要是忍一忍也就过去了。

可没几天,李芃柯跟同学赵晓峰在电话里聊起这件有趣的事情时,赵晓峰无意中说起那天给李耕晨送拐杖时,李耕晨嘴里溜出一句"接大呆"的情形。

李芃柯细细听完,忽然觉得这事情似乎有些蹊跷。

李芃柯想了想,便让赵晓峰去家里打探个究竟。

15

赵晓峰拎着一大包狗粮,敲响了李家的门。

李耕晨开门看到这小伙子着实有些惊讶,可听说是芃柯托他送狗粮来,就热情地将他迎了进来。

大呆的脑袋搭在自己前伸的双脚上,只是眼皮抬了一下瞅了瞅这个似曾相识的人,没有惊慌也没有理会。

李耕晨向大呆招了招手:"大呆,来欢迎客人啊!"

有主人授意,大呆这才懒洋洋地站起,用劲抖了一下身子,微微晃着尾巴走到了赵晓峰的面前,格外有社交范儿地对他抬起了自己高贵的爪子。赵晓峰被大呆的样子逗笑了,赶紧迎上去"幸会幸会"地握了一下它的手。

赵晓峰直接说明了来意:"伯伯,芃柯说她挺想念大呆的,所以让我来给大呆拍几张照。您看行吗?"

"拍照?"李耕晨一愣,看见赵晓峰手中的手机后,就笑道:"行啊,要怎么拍?"

在李耕晨的协助下,赵晓峰很快就拍了几张大呆摆着各种pose的照片。

芃柯从微信中收到赵晓峰发来的大呆照片,那七上八下的心才彻底地放下来,她给赵晓峰发了一个大大的拥抱卡通图,赵晓峰回以一连串的玫瑰。

李耕晨看着低头摆弄手机,嘴角还挂着微笑的小伙,心中就有了些美好的猜测,他不动声色地笑问道:"我家柯儿收到了吗?"

赵晓峰回过神来,说:"收到了。伯伯,芃柯说要和你还有大呆视频。"

原来,李芃柯在看了大呆的照片后,才忽然想到,既然赵晓峰在她家,那就完全可以跟阿爸、大呆视频啊,她已经好久没有看到他俩的尊容了。

李耕晨刚从手机屏幕上看见女儿,正喜不自胜地想说点什么,大呆听到了李芃柯的声音就冲了过来,李耕晨被它撞了个满怀,差点儿倒在沙发上。

当大呆听到柯儿姐亲切地唤它的名字时,它的尾巴摇晃得贼快,几乎出了蒲扇般大小的虚影。

赵晓峰乐不可支地想要伸出手来安抚它,可大呆却只对他手里的手机感兴趣,"嗯嗯嗯"低声呼唤着想要去扒拉赵晓峰拿着手机的手。

大呆很久没有修剪的爪子,都快抓破赵晓峰的衣服了。

李耕晨有些着急地喊着:"大呆,你下来,哥哥的衣服都要被你抓坏了。"可他哪里拦得住正在兴头上的大呆呢?

赵晓峰倒是十分大方,直接把手机放在了沙发上,让大呆玩个够。

大呆扑向沙发上的手机,奇怪地看着小小屏幕上的小小柯儿姐。

大呆成功霸占了手机,对着里面的"柯儿姐"就是一通狂舔。

李芮柯只见画面一黑,而后就看见了粉粉的大舌头迎面而来。她先是吓一跳,可马上就反应过来,这是大呆在舔她呢!顿时笑得直不起腰。

李耕晨生怕大呆会弄坏手机,赶紧上去抢。"大呆,这是手机,不能这么个用法!会坏的。"

赵晓峰却觉得这一幕挺有意思,笑道:"伯伯,没关系,不会坏的。"

李耕晨这一抢的动作,大呆使出了平日里帮主人拿鞋子的架势,"嗷呜"一口衔住手机,掉头就跑,一转眼就消失在了芮柯的房间里。

"大呆,你这条自私的蠢狗!阿爸还要看呢,快回来!"李耕晨假装不高兴,语气也严厉了几分。

赵晓峰眼神带着疑惑:"伯伯,这样大呆也能听懂吗?"

李耕晨嘴角的笑就染了几许得意。小声说:"你瞧好吧！"说着，又冲着芃柯的房间喊："大呆！回来，不然阿爸真的要生气啦！"

话音刚落，大呆竟然真的折了回来，还将手机放在了沙发上。芃柯也在视频里头笑着夸："大呆真乖！放回去了吗？"

李耕晨和赵晓峰异口同声道："回来了。"

两人说完后又是面面相觑，继而哈哈大笑。

之后，李耕晨就抱着大呆，两个脑袋挤在一起，"一家三口"就这样在屏幕上相会了，火热地聊了起来。

一旁的赵晓峰看到这充满感动的场景，仿佛置身在没有邪恶没有嫉妒的伊甸园中，一股暖流在幸福的时光里流动着。他相信，爱狗狗的人，上帝都给他们身上安了一颗善良的心。

赵晓峰想好了，一定要送个智能手机给李耕晨，让他们这一家永远保持着这种幸福状态。可他教了李耕晨操作视频好几遍，他依然不会。

要说赵晓峰刚来那会儿，李耕晨只是心中有些猜测的话，现在小伙儿这般殷勤又体贴，李耕晨心中就多少有些肯定了。这又是送拐杖，又是送狗粮，话里话外还有送手机的意思，这分明是对待老丈人的姿态啊！

想当年，他追妻子的时候，可不也是天天去泰山大人面前献殷勤么！

李耕晨心中越寻思，越觉得赵晓峰有那么一些味道在里面。甚至觉得柯儿搞不好已经有所动作了，只不过暂时瞒着自己，而让赵晓峰送东西来，说不定也有让自己测试准女婿的用意。因为，李芃柯曾说过，找好的对象必须要经过阿爸的同意。

李耕晨想到这里，转头看向卖力逗乐大呆的赵晓峰，眼神里就带了几许审视。

小伙儿相貌堂堂，举止也温文尔雅，瞧着还挺喜欢大呆。李耕晨知道，这喜欢猫狗的人啊，多半是心地善良的。

李耕晨想着，突然一拍大腿起了身："瞧我，光顾着沾你手机的光跟柯儿说话了。都忘记给你泡杯茶！"

赵晓峰抬起头，剑眉星目都笑得有点儿弯："伯伯，这不是泡上了嘛！您忘了吧。"他示意了一下桌上的茶杯。

李耕晨道："嗐，伯伯给你换杯好的，今年的新茶。要不是你呀，我们爷儿俩还指不定什么时候能见着柯儿呢！"

说着，他回房拿出了上次宋大臣送的上好的明前茶，以此显示自己的热情和隆重。可李耕晨还是拿错了茶叶，赵晓峰尽管觉得这茶其实还不如刚才的那杯粗茶可口，但看到他热情得不知所措的样子，也就领会到了浓浓的心意。

"小赵呀，你是哪里人？"李耕晨开始有目的地问话。

赵晓峰一边摸着大呆的脑袋，一边道："伯伯，我是咱本地人，家就在滨水区的宋村。"

"滨水区，是城北那个滨水区吗？啊，这可真好！原先我和柯儿没搬来开明小区的时候，就在属于城北滨水区的前明村住着呢！不过，离你家倒是有些路。"李耕晨脸上都几乎笑出了花儿来，"平时就和爸爸妈妈住家里是吗？"

这小伙是个楚江人，若这真是芃柯的意思，那岂不是说柯儿有心要回楚江来安家？

想到这点，李耕晨脸上的笑意拢上的褶子就又多了几条。

赵晓峰见李耕晨兴致好，也就陪着开心地聊了起来："伯伯，我平时是不住家里的，因为我在电视台上班，如果工作日住在家里，早上万一堵车的话很容易迟到。平时节假日倒是必须回家的。"

"也好，也好！这到底离家近，节假日能回家痛痛快快地休息，也不用担心工作日赶不回单位。当初柯儿在家附近城市上大学的时候，周五回家，周末的时候就要往回赶，生怕晚了没车，或者周一去赶不上课，着实也为此辛苦了很久。"

赵晓峰知道老人是拿他和芇柯做了对比，所以笑笑，说："是挺好的。"

之后李耕晨又仔仔细细地问了赵晓峰的家庭状况，赵晓峰也是很认真地细细为他解说。

赵家并不是什么大富大贵的人家，父母下岗后做着点儿小本生意，也算是小康之家，而他本人现在虽然只是电视台的普通职员，但他对自己的职业生涯十分有规划——尽管李耕晨并不是很能听懂他说的那些个专业术语，但是，他能感受到，这是个对自己的工作很有想法，也很有计划性的年轻人，是一只彻头彻尾的潜力股。

李耕晨像一个真正的老丈人一样，毫不吝啬地表达了自己的赞许。

等到赵晓峰走后，李耕晨心情格外不错地哼着小曲儿给大呆准备了晚饭。饭后，李耕晨一看时间，发现还没有到遛大呆的时候，就决定坐下来和大呆聊聊天。

他和大呆大眼瞪小眼，笑嘻嘻地问："大呆，你觉得那个小赵哥哥怎么样啊？"

李耕晨见它忽闪着耳朵，就自个儿理解成没听懂的意思，就指了指放在一边的大袋狗粮，说："就是白天给你送狗粮，还让你见了柯儿姐的那个人。"

大呆那粗壮的尾巴又开始"哒哒哒"地敲着身后的矮矮的茶几，李耕晨眼疾手快地将放在桌沿上的茶杯拿起，起身放回了冰箱顶上。

"看出来了，你也喜欢是不是？"李耕晨笑眯眯地，而后又自言自语道，"阿爸也喜欢！经阿爸审查，小伙儿上进，家世清白，最最最关键的就是小赵是本地人啊！你想，要是柯儿姐和他好了，那不得回家来么，哪怕就是将来出嫁了，那也是在家门口呀，咱俩不是想见就见了么。"

李耕晨看大呆的大尾巴摇动得更欢了，就乐不可支地说："看你那着急样儿，柯儿姐回来，有你享不完的福呢。其实啊，这事儿啊，阿爸心里头比你还着急呢，可这又是天底下最急不来的事儿。大呆，你看我们人类就烦心事多啰。"

大呆全神贯注地看着李耕晨动个不停的嘴唇，把耳朵扬得高高的。

李耕晨仿佛被大呆这生动的眼神融化了，他顺着大呆后脑到脊背的毛毛，轻轻地有节奏地抚摸着："其实，你柯儿姐找男朋友这事儿，阿爸也是有私心的。阿爸最大的愿望就是盼她嫁个家乡的帅小伙儿，过着平凡幸福美满的生活。阿爸什么时候想念她，就可以在什么时候见到她。阿爸的年纪也越来越大了，有时候也想想自己的后事。大呆，你别误会了，我可不是怕死呢，我都是从死的路上捡回来的一条命，活了这许多年，都是我赚的，什么时候走，我都不怕呢。大呆，你知道吗？我唯一害怕的就是，在我走的那一刻，握不到你柯儿姐的手，咱们周边的小区就有好多'有子女的孤老'，我见过不少撒手人寰的老头老太，他们的子女都在赶往家里的途中。我可不希望柯儿姐也是这样，唉……"

这种危机感，成了李耕晨郁积在心头的一道阴影，今天第一次拿出来跟大呆唠叨一下。

其实，北漂的李芃柯，心中一直有一个不为人所知的秘密，她要在事业上有所成就，将来有一天为她这个又当爹又当妈的阿爸，买一套宽敞明亮的大房子，让阿爸度过幸福的晚年。

看起来不谙世事的大呆，却歪着脑袋听得格外专注，它似乎从李耕晨失落的情绪里感受到了什么，它款款地挪了一下身子，直接将前腿搭在了李耕晨腿上，脑袋也顺势靠了上去。

李耕晨摸着大呆毛茸茸热乎乎的脑袋，心中的孤寂和恐慌渐渐褪去，取而代之的是一片柔软，舒服得就像躺在了冬天新弹出的棉被上，任何疲惫和艰辛都被很好地安抚了。

李耕晨无比感慨地揉了揉大呆它肉嘟嘟的脸，然后和它额头相抵，鼻子相碰："大呆啊，你可真是最懂阿爸的宝贝了，有你留在我身边，我也满意了。你要听话，别跑丢了，你知道吗？阿爸真的不能离开你呢。"

大呆十分合时宜地伸出了舌头来，舔得李耕晨一脸口水。

李耕晨笑嘻嘻地任由它闹，好一会儿才停下来。

大呆又安静地竖着耳朵瞪着眼睛看着李耕晨，李耕晨看它那傻乎乎的样儿，不由自主地哈哈大笑起来。

大呆不明就里，汪汪汪地叫了几声，直往李耕晨的怀里拱了拱。

李耕晨看着大呆摇得起劲的尾巴，他明白大呆压根儿就听不懂自己在说什么，只是听到"柯儿姐"这三字，它就兴趣十足。

李耕晨对大呆说掏心窝的话，也根本没指望它能听懂。可大呆只听见"柯儿姐"才感兴趣的意图被他发现了，他哭笑不得之余，多少还有些吃醋。

李耕晨拧了一下大呆的耳朵："敢情我好吃好喝好玩供着你，还担心你，在你这狗肚子里我这糟老头子还是比不上你柯儿姐嘛！"

李耕晨将大呆的脑袋挪开，缓缓站起了身："你还想听啊？没门，我偏偏不跟你说啦，走！散步去！"

16

尽管聊天的时候，吃醋来得有些猝不及防。但是之后的一段日子，李耕晨和大呆的关系却是前所未有的亲密。这多半是归功于大呆的改邪归正。

自从大呆回到李家后，已经有一个星期没有在晚上整出什么幺蛾子来了。李耕晨真真切切地睡了几个晚上的好觉。

李耕晨饱生感激之情，他专程买了不少大呆爱吃的碎骨回来，精烹细作地奖励了大呆一番。

然而，好景不长。冰箱里用于奖励的碎骨还没吃完，大呆就开始故伎重演了。在昏暗的夜里，大呆似睡非睡摇摇晃晃爬起来，除了完成以往用肉鼻顶脚心外，竟然还把李耕晨当晚换下的臭袜子放在了他的鼻孔边。

李耕晨又尝试过睡前把大呆关在房门外，但它依然会在半夜时分如约而至地扑打房门，直到听见李耕晨翻身或者责骂的声音，它才肯消停下来。

李耕晨心里倒是想让它吃几巴掌长长记性，但又担心它抛下他这老头子离家出走，只得直接停了大呆的碎骨作为惩罚。

于是，这样夜无安宁的日子，又延续了一个月。

李耕晨面容一天比一天憔悴起来，身体也每况愈下，有时甚至连拄拐杖也显得力不从心。他慢慢地竟然出现了遗尿、记忆力减退的现象，睡醒后的血压也是噌噌噌地往上涨……

李耕晨也抱怨自己，可能是前世对大呆做了什么遭天谴的事情，所以它这世才投胎成一条狗，千转百回地专门来李家找他报仇的。

李耕晨此生最烦的事情就是跑医院了。平常就算是有个头疼脑热的小病，他也基本都是硬扛着。可这一回，身体发

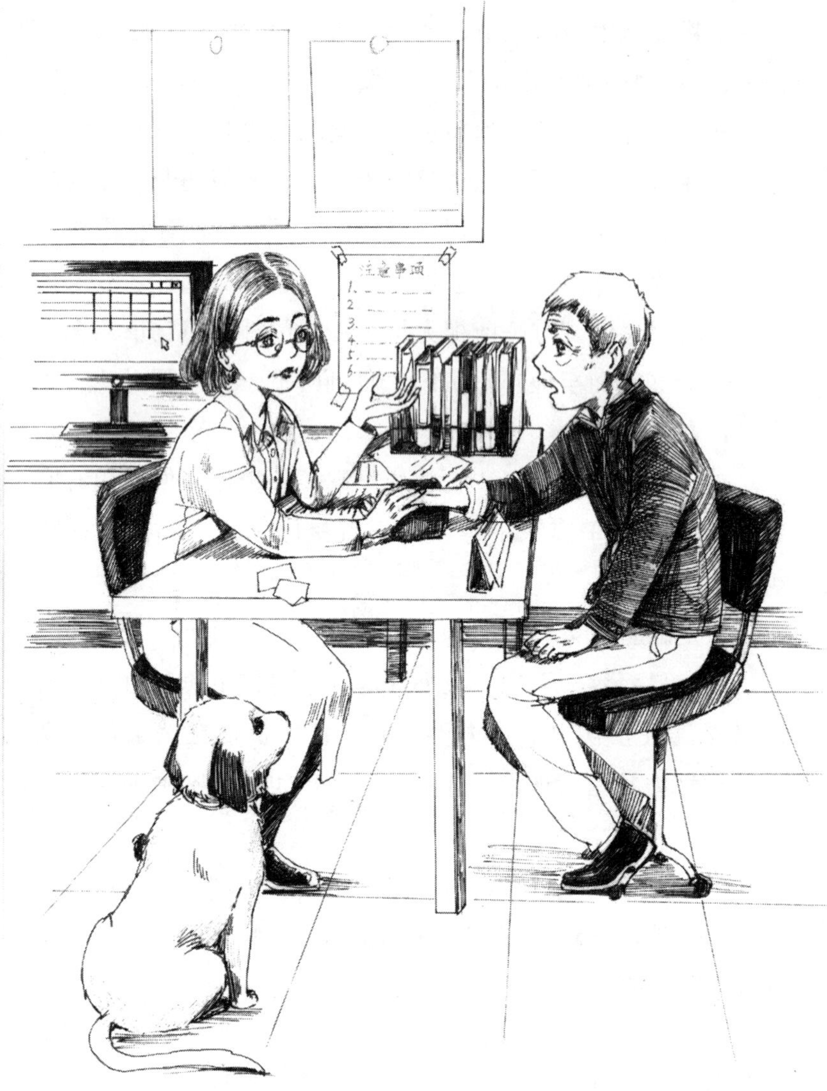
注意事项

出的强烈信号，怕是不去见医生就得去见阎王爷了。

李耕晨到医院里挂了一个专家号，接待他的是一位上了年纪的女医生，厚厚的眼镜片后面有一双大大的眼睛，看起来一副很资深的样子。

"这位大爷，您看起来脸色很不好。"眼镜医生招呼他坐下。

"可能是因为晚上没睡觉的原因，唉，整天困得要命，这段时间精神就没好过。"李耕晨无精打采道。

"晚上睡不着觉？是有什么重要的事情要做吗？"眼镜医生问道。

"唉，是我家大呆给折腾的。哄也不管用、罚也不管用，我是没办法了，我还只能忍着。"李耕晨一副无可奈何的样子。

"大呆？是你小孙子晚上哭闹吗？"

"不，是我儿子。哦，不对，是我家的狗狗，一只漂亮的金毛犬。"

李耕晨前前后后将大呆的问题说了一遍："大家都说狗狗是最通人性的了，大呆来我家这么多年，我是现在才发觉它真的是通人性的，还能跟人一样记仇呢。我想了好多回，最有可能是刚来我家没多久那次，因为它闯祸，我把它赶出家门淋了半宿雨，也有可能是我嘲笑过它。不过，我相信它很快就会收手的，它应该明白再这样折腾下去，我这条老命都没了，我没了，它住哪儿？还回玉米地里？它应该还是恋着这个家，也是恋着我的。"

眼镜医生耐心地听完了李耕晨的讲述，温和地问："大爷，您身体有什么不舒服的吗？"

面对这个温文尔雅的女医生，李耕晨有点不好意思的样子，便挑了几个症状："耳鸣、头疼，还有最近这记性是越来越差了。掉头就忘，感觉都是睡不醒引起的。"

眼镜医生笑道："至于是什么引起的，先回答问题，一会儿我来帮您总结，你只要告诉我症状就好了。还有别的吗？"

李耕晨摇摇头："差不多就这些了。"

"好，咱们先量一量血压。"

李耕晨的血压意料之中的偏高，之后，那眼镜医生又十分细致全面地为李耕晨检查了肺部和鼻腔。

一阵忙碌之后，眼镜医生坐下来，看着李耕晨的神色有些复杂。

眼镜医生这神色，让李耕晨有些紧张，忙问："医生，我是绝症吗？"

眼镜医生摇摇头，而后竟然眼眶都有些红了，她索性就摘下了眼镜来，抽了一张面巾纸擦拭眼角："大爷，你真的错怪了狗狗，是这只狗狗救了你！"

"大呆救我？"李耕晨错愕问了一句，心里在说：看你这女医生面善，却跟那些瞎讹病人钱的医院的医生没什么两样，没一点职业操守。你跟人看病的，也不是兽医，为啥在我身上还能检查出狗狗的行为，真是莫名其妙。

"大爷，你得了一种叫'睡眠呼吸暂停综合征'，这种病，除了会引起间歇性低氧血症，导致肺和体循环高压、右心衰竭和右心室肥大外，还是脑血管破裂、心肌梗死、高血压的至危因素。如果睡眠时呼吸间歇时间长，就会出现生命危险。您的大呆每晚叫你，让你幸运避免了这种意外。"

这正是眼镜医生承担的一个医学研究课题，李耕晨的病是一个典型的案例。

李耕晨长长地舒了一口气，觉得这女医生说的这些似乎很专业。这突如其来的幸福写满那张清瘦的脸，就连胡楂儿底部的毛囊都松软出收不住的笑意。而一早出来的困倦，此刻也是消失得无影无踪。

眼镜医生抑制住了激动，说："实际上我也很喜欢狗狗，我很羡慕你有这样的一条狗狗。我猜，它一定很漂亮。"

"是漂亮！"李耕晨自豪地说，"它年轻的时候，那一身金黄色的毛，在阳光下都是能反光的！性子也特别好，还很聪明……"

说起大呆的好来，李耕晨如数家珍。

眼镜医生饶有兴致地听李耕晨说完了之后，说："大爷，这样吧。为了对您的病情做一个更深入更彻底的分析，我们配合一下，做一个睡眠诊断记录。"

李耕晨第一次听到这样的治病方式，有些疑惑："睡眠记录？怎么个记录法儿？"

"哦，是这样的。确切地说，是让您在这医院里睡一晚上。"眼镜医生如是道，"我们这里有个睡眠诊室，是我负责的，今晚你就睡在这里。"

李耕晨听到这些就犯难了，说："做记录倒是没问题。可是大呆还在家里头呢，它晚上可不能独自待在家里。"

眼镜医生笑道："你不记晚上狗狗折腾你的'仇'了？我们的实验监测检查，也是要你的狗狗过来配合的。"

李耕晨连连点头，精神倍棒地离开了门诊室。

17

李耕晨是在用过晚饭之后带着大呆遛着弯来医院的。

大呆趁阿爸下午外出，独自在家饱饱地睡了一觉，一路上精神头比前几天好了很多。

眼镜医生见到大呆果然是呆萌而又气宇不凡的样子，上上下下一通赞美，直到进入睡眠诊室，乐得李耕晨咧开的嘴巴还没有想办法合拢。

这诊室看起来和病房也没有太大的区别，唯一不同的，就是里面有很多李耕晨都叫不出名字的仪器。眼镜医生很热心地给李耕晨一一做了介绍，意思是告诉患者这个实验是对人的身体没有危害的。

眼镜医生给大呆在床边放了个一米见方的小垫子，看着大呆笑道："地上凉，这样就好啦！"

李耕晨看着如此贴心的医生，心中一阵暖似一阵。

眼镜医生说："对了，墙角我也放了狗狗要喝的水。如果你还有什么问题的话，可以来值班室找我。"

晚上，李耕晨躺在乳白色的还散发着阳光香味的松软睡床上，不由得想起与妻子生活的那些美好岁月。妻子也如这位眼镜医生这般温柔体贴，家里也打理得井井有条。如果……如果她还在的话，那么自己这个晚年的每一天都会与她一起睡在这样松软的床铺上。

不过，还好，如今有个如影随形的大呆陪伴，这藏在万丈红尘之后的命运之神，对他还不算太坏……

李耕晨的睡房与一间医学监控室连接着，今晚会对他进行七小时的睡眠监测。

他四肢伸展地躺在睡床上，眼镜医生亲自将电极粘片贴在了他的头上、胸口以及腿上。

正常情况下，李耕晨在这种煞有介事的环境里似乎不可能睡着的，可是现在，他一躺在那柔软芬芳的床铺上，眼皮就开始打架。他瞥了一眼床边小毯子上的大呆，大呆像平常一样，早已进入了梦乡，随着肚皮的起伏，鼻孔里发出了轻微的气息声。

李耕晨扭过头去，嘴角微微上扬，一合眼就进入了梦乡。

当李耕晨第一次鼾声响了一阵后，突然停了十秒，才从嘴里发出了"噗"的一声。眼镜医生清楚地从监控屏幕上看到，大呆一骨碌从地上爬了起来，用嘴拱了一下他的脚心，见他没有反应，大呆的前爪就"啪嚓"搭上了床沿，用鼻子正对着李耕晨的鼻孔喷气。而李耕晨，翻了个身，又睡了过去。

天亮的时候，眼镜医生在睡眠诊断观察记录上，这样描述李耕晨昨晚的监测情况：腹壁肌和膈肌虽出现持续性运动。呼吸暂停时，腹部记录到持续的奋力呼吸动作，但没有气流通过。患者每次呼吸暂停时间为十秒，连续三十次呼吸暂停时间为三百秒，在七个小时的睡眠时间里，有五分钟的呼吸暂停，亦即呼吸暂停时间占整个睡眠时间的百分之一点二。

眼镜医生把晚上的睡眠情况简单说了一下："大爷，昨晚你的呼吸间歇性地停了三十次，诊断书上基本也是记录了这个情况。不过，每一次，"医生特别强调了一下，"每一次，你的大呆都把你叫醒了，它真是棒极了！"

李耕晨放下诊断书，连连点头："其实我也知道，昨晚大呆把我弄醒的次数非常多，但是为了配合医院的监测，我没理它那个茬，要是像以前一样在家里，我可能早就跳起来骂它了。不过，我真是错怪它了，真没想到它是上帝派给我的天使，是我的恩人呢……"

眼镜医生对李耕晨说："您真是太幸运了，你得到了这样一个天使。我查过大量资料，有科学研究表明，有些狗狗的嗅觉十分灵敏，可以察觉病人在发病之前体内产生的极其微小的化学反应。不过，只有极少数的狗狗知道在危险来临的时候将嗅觉转换成相应的警报。你的大呆啊，就是这极少数中的一员。"

眼镜医生说着，就从抽屉里拿出了一个绿色的小袋子，她撕开后就把里面的东西喂给大呆吃。

大呆闻了闻，却抬头去看李耕晨，嘴角边的口水都淌下来了。

李耕晨笑道："吃吧吃吧，这是你姨奖励你的。"

大呆这才伸出舌头卷了眼镜医生手心的肉干，津津有味地嚼了起来。

眼镜医生看着大呆那极其呆萌的吃相,忍俊不禁:"呀,你家教这么严。"

李耕晨用一个男人特有的温柔看着吃东西的大呆,说:"以前我们小区里有狗狗在外面闲逛的时候,被偷狗的人用混在食物里的药弄晕后就捡走了。一连丢了好几条。后来我怕大呆出事儿,就和女儿一起训练它,在外面没有主人允许就不许吃东西。"

眼镜医生赞许地点点头:"你们也是有心了。"

李耕晨说:"医生,我还有个问题想问问。"

"你问吧。"眼镜医生笑着说。

"我这个有治疗方法吗?还是让大呆一直这样提醒我?看它那困得不行的样子,恐怕也吃不消的。"李耕晨充满担心的神色。

眼镜医生又笑了笑,说道:"要是还像以前一样叫你们俩都受罪,那还要我这个医生做什么呢?放心吧,治疗方案我已经定好了。以后你和你家的大呆,都能睡安稳觉了。我敢保证,用了这个治疗方案后,大呆绝对不会再打扰你了。"

"是吗?!"李耕晨喜上眉梢,"我一定配合治疗。"

"这个啊,不难!"眼镜医生笑呵呵地拿出了一个小型的口腔装置,"这个呢,是个阻鼾器,专门针对你这样的呼吸暂停综合征。你在睡觉时,把这个阻鼾器戴入口中,入眠后,下颌会自然限制在适当的前伸位置,这样就会始终保持腭咽部气道的畅通,大大提高通气量,消除或减低了呼吸暂停和鼾声，这是目前国际上最惯用的治疗方法。"

尽管李耕晨听不懂那些专业名词，但他明白这个小小的装置将会变得很神奇。这对他和大呆都是福音，困扰了这么久的难题，终于可以迎刃而解了。

李耕晨心中生出无限感慨：难怪大呆那么爱睡觉，原来它的精力都不可思议地用在了拯救他的行动上。他过去也曾听说过关于狗狗救主人的无数神奇传说，没想到，有朝一日，这传说竟然幸运地落在了自己的头上。说不定大呆，还真是受上天差遣来保护我不被恶魔侵扰的天使。

李耕晨又想起了自己之前对大呆的误解，心中有种说不出来的内疚感。

大呆亦步亦趋地跟在了李耕晨的屁股后面，出了医院的大门。

走了一段路之后，李耕晨看到了大呆走路都想睡觉的样子，干脆抱着它在一棵大树底下的石椅上坐了下来："这回家的路还长着，我这老胳膊老腿的，可抱不动你喽。"

大呆往李耕晨怀中蹭了蹭，梦呓一般地哼哼了一声。

李耕晨轻轻地在大呆的背上抚摸着，说："要是柯儿姐在家的话，她就可以骑着自行车带你兜着风回家了。唉，光想想那画面啊，都觉得是蛮幸福的事儿。你要是个人就好了，阿爸还能带你去坐公交车，带你去好多好玩的地方。大呆你睡吧，阿爸等你醒来咱再走。"

大呆歪头睡在李耕晨的怀里，沉沉地进入了梦乡。

第五章
你就是"柯儿姐"

18

　　正如眼镜医生所判断、李耕晨所希望的那样,大呆再没有在夜晚吵醒过李耕晨。

　　这天黄昏,开明小区养狗的老头老太太们像往常一样聚集在广场上讨论着有趣儿的狗狗话题,当然,更多的还是炫耀一下自家的宝贝是如何的聪明听话之类。

　　一向懒得参与这些活动的李耕晨,这次也不由自主地凑了上去。他觉得,大呆的壮举,最应该成为开明小区的一大谈资。毕竟,忠犬救主这种事情,都是影视剧里演得多,发生在现实里,那都是有资格上新闻的。李耕晨也不想上新闻成名人,就是想让街坊邻居们都知道他的大呆有多了不起。

然而,当老头老太太们听完李耕晨一番眉飞色舞的讲述之后,都拿怀疑的眼光瞪着他,觉得这个平常默不作声的老头可真是了不得——吹起牛来那是连草稿都不用打嘛,没去电视上做脱口秀节目简直是太可惜了。

就连住在李耕晨楼上的那个老张,也是抱着自家的卷毛煤球,说:"老李啊,大家都知道,你家大呆送个鞋子的功夫是一流的,比那些新手不知道好多少倍,但你要把电影上演的那些故事,非得安在你家大呆头上,这个天就没法儿聊下去了。"

李耕晨那份自豪的神情僵在脸上:"怎么?你们都不相信?"

老张一边摸着煤球软乎乎的毛,一边说:"老李啊,天色不早了,还是赶紧回去做饭吧。"

这个老张,原先是挺羡慕李耕晨家的大呆听话又乖巧的,之前还私下问李耕晨大呆是怎么训练的。李耕晨也曾答应他,找女儿问到了心得就跟大家分享。可没想到,约定分享心得的日子,大呆生病,李耕晨就把方法告诉老张,让老张和大家分享去了。

对老张来说,这本是个出风头的好事儿。可没想到,这风头终究是没能成行。原来,老张混的那个小圈子啊,都是刚养狗的新手。可那日聚会的时候,来的可不止那些新手,几乎全小区养狗狗的人都来了。小圈变大圈,老张从李耕晨那里取的那点儿经就不大够看了。之后他又见识了几个"老手"养出来的狗子,一个赛一个的能耐,之前对李耕晨和大呆的羡慕就觉得是小巫见大巫了。

这会儿,李耕晨被拆台,多少有些懊恼,当即就打了个呼哨,将大呆喊了过来。为了证明大呆比他们想象的还要聪明可爱,他决定让大呆表现一下,让大家见识见识。

李耕晨让大呆在他们面前做了几个起立坐下的常规动作,还表演了握手,便有些得意地环视了一下众人。

可没想到,周围却是传来一片笑声。

老张说:"老李你快别显摆了,你这几招,是条狗都会。"

有人也附和道:"就是,你再看看你家的狗狗毛发枯枯的,一点儿气质也没有。"

李耕晨被这个老拆台的邻居弄得烦了,指着他怀中的煤球道:"这也是条狗,你叫它也来啊!"

老张这才后知后觉地知道自己得罪了人。有些尴尬地说:"老李,我这也是实话实说,你不要往心里去啊!"

可就在这个时候,有一只很神气的哈士奇走了过来。一个站在李耕晨不远处的老头朝那哈士奇喊了声:"斑哥,去!"

话音刚落,他手里的小皮球也飞了出去。

本来是朝主人走去的斑哥见状,瞬间折身跑了出去,眼睛死死地盯着那个球,之后,它后腿发力,纵身一跃,不偏不倚地将那小皮球接住,并扬着头无比神气地叼着小皮球走了回来,将球放在主人的手心。

这下,李耕晨傻眼儿了。他心中就算再不服气,也知道，今日这一比，算是教人给比下去了。

李耕晨知道，这不是大呆不聪明，而是他作为主人对它的智慧没有很好的开发。

看着散去的人群，李耕晨暗暗发誓，他要把大呆训练成开明小区最有气质的明星狗。让狗友们不能小瞧它的存在，让大家都知道，他李耕晨有一只聪明的大呆！

李耕晨觉得，自己也是时候在伺候大呆的学问上下功夫了。

他追上老张的脚步："老张，你等等。"

要说这狗狗的毛发和气质啊，李耕晨觉得，老张那只捧在怀里的小东西最是出挑。

老张有些紧张："老李，我那也是话赶话，你要是太介意，我给你道歉。"

李耕晨看出对方的尴尬，说："嗨！道什么歉啊，你说的那是实话。我家大呆那些坐下起立的确算不了什么。"

老张听不出画外音，只是道："其实啊，你也真不用在意那些，大呆这样乖巧，已经很不错了。"

"我家大呆的确是非常好的。"李耕晨笑着说，"要是哪里不好，也是我没教好，子不教，父之过，大呆不教我之错嘛，怨不了别人。"

老张没承想他来这么一句，只能呵呵赔笑："你看我家煤球这厮样，也是我之前不会教。"

李耕晨看了一眼老张怀中那黑乎乎的如同一匹暗纹软缎的煤球，就问道："其实我叫住你，是想找你取取养狗经的。"

"你找我取经？"老张有些发懵。

李耕晨这人沉默寡言，也不怎么和大家一块儿玩的，平时也是自带一股傲气。可现在这自带傲气的人竟然找自己取经，老张当然觉得满足。

老张说："其实养狗吧，也无非就是那么些门道儿，你养得比我久，肯定比我晓得的多。无非就是我儿子教我的那些……"

李耕晨眼看他是要长篇大论起来，就打断了他："老张啊，我其实就是想问问，你家煤球这个毛毛是怎么保养的。"

老张大概是没想到李耕晨会问这个。但想起之前有人说大呆毛毛干枯，也知道李耕晨这是放在心上了。他这才感受到李耕晨是真为大呆好，想好好伺候大呆。

"你等等啊。"老张把煤球放在了地上，然后就上下摸起了口袋来。没多久，就从口袋里摸出了一张小卡片来，递给李耕晨："我家煤球都是去这个地方洗澡的。你今天看它这毛色很好看对吧，因为我昨儿正好去过这里，带它洗了澡。虽然花钱，但人家专业，确实比我们这毛手毛脚的好。"

"洗个澡就能把毛毛给洗好看了？"李耕晨看着名片上"迷尔宠物医院"几个字，十分疑惑。

"还能做美容啊！"老张说，"你家大呆底子好，要是去了，再做一下美容，一准儿能有气质。"

老张给小区里的很多狗友都推荐过那家"迷尔宠物医院"，一来是那家服务和水平着实好；二来人拿着他给的名片去，人家打九折，他就能打八折。去一个算一次。一段时间下来，老张也着实节省了不少。

老张也曾经想主动给李耕晨介绍这家店，但凭他的暗中观察，李耕晨虽然也疼狗，狗也好看乖巧，但却是当土狗养的，让他上店里给狗花钱洗澡做美容，恐怕是做不来这事儿。

李耕晨端详了一阵子，心中就有了计较："好，那就谢谢你了！"

"不客气。咱是邻居，有啥当然要互帮互助了。"老张故作豪迈地拍了拍李耕晨的肩，"你如果去，一定记着带这名片啊，凭这个能打折呢！"

"好！"

李耕晨收好名片，自然是有用意的。美容不美容这个他不懂也没想好，但是带大呆去洗澡，他却是十分愿意的事。

事实上，芃柯北漂后，他就没给大呆洗过澡。这也是他如今想起来，最为自责的事情。要不是大呆自个儿去小区附近的小河里偶尔摆呼几下，身上的虱子恐怕都已经成群结队了。

而大呆自己，也是不愿意洗澡的。

记得有一次，是李耕晨的生日。当时柯儿还在家乡附近上大学，原以为，她应该会回家一趟的，便特意买了一只活的土鸡来放着，只等柯儿回来能吃上新鲜的。

然而，直等到中午，李耕晨却一个电话都没接到。想想可能是因为她学业重，忙忘了。李耕晨决定把鸡宰了和大呆一起分享。

大呆屁颠儿屁颠儿地跟在李耕晨旁边，目睹了宰鸡的全过程：把鸡丢进开水桶，捞出拔毛，开膛破肚。

　　李耕晨看看还剩下了不少的开水，便加了一些冷水想顺便给大呆洗个澡。结果，大呆倒好，见状竟然在客厅里慌慌张张地转了几个圈，跑进了芃柯的房间里，任凭李耕晨怎么叫它，它躲在床底下死活都不肯出来。

　　在以后的日子里，大呆只要一看见李耕晨把开水倒进桶里，就会慌不择路地跑开。

　　要说李耕晨不给大呆洗澡，这其中也是有几分无奈的。他盯着名片，心里想：既然老张说那边是专业的，那应该有办法对付落跑的大呆吧。

　　回到家后，李耕晨拍了拍大呆的脑袋，低声道："大呆，明儿阿爸带你去洗香香。好不好？"

　　大呆只是摇着尾巴，咧着嘴，眼睛闪闪亮地看着李耕晨。

　　李耕晨回想起芃柯伺候大呆的点点滴滴，依葫芦画瓢地从规范大呆的作息时间做起。这一点，事实上他做得也不错，因为芃柯离家之前就给定了规矩，说大呆早晚遛弯，必须定时。这许多年来，遛弯的事基本上是李耕晨完成的，也没出过什么岔子，这个倒是很规律的。

　　但是，睡眠方面就没有维持这个良好传统了。李芃柯北漂后，通常是李耕晨睡大呆也睡，李耕晨起，大呆也起。李耕晨每每起来看着大呆傻笑一下：还真是不是一家人不进一家门。

　　有时候李耕晨失眠，看电视到凌晨都不休息。至于早上，因为要遛大呆，起来倒是挺准时的。可李耕晨若是没睡醒,多半要睡回笼觉。这一躺下去,早餐也就遥遥无期了。

李耕晨定出了一个时间表。什么时候睡觉,什么时候起床,什么时候一日三餐,全部都细细地列了出来。

做完这一切后,李耕晨还很得意地拿给大呆看:"瞧,这就是你以后的作息时间表啦,是不是和柯儿姐在的时候差不多?"

大呆一脸懵懂,但却觉得自己应该鼓励一下如此认真又喜悦的主人,于是毫不犹豫地摇晃起了大尾巴,还舔了舔李耕晨的手。

自觉被夸奖了的李耕晨心花怒放,将时间表贴在了家中最显眼的位置后,又调好了明日早起的闹钟,这才又回到大呆身边来,说:"大呆,柯儿姐在的时候,是不是还给你按摩来着?"

"好!阿爸以后也给你按摩,每天一小时!"李耕晨停了半晌,自问自答。

一切准备就绪,李耕晨想了想,觉得自己应该给芃柯打个电话。

他虽然对大呆承诺了要给它按摩,却完全不知道应该从哪里着手。想来想去,那也只能求助女儿。

再看看时间,发现女儿应该已经下班,他有些开心地拿起电话拨了过去。

电话过了很久才接。接起后,李耕晨还没来得及说话呢,那头的芃柯就说:"阿爸,我现在挺忙,你有急事吗?没有的话,我回头再给你打吧!"

李耕晨心想，这给大呆按摩的事儿，也不算太急啊，女儿急成这样，那就下回再问吧。于是说："不急，你忙吧，等你空了再说吧！"

李耕晨话音刚落，就听到了电话那头传来了一个"好"字，紧接着就是电话切断后"嘟嘟嘟"的忙音。

尽管李耕晨知道，柯儿这也是情非得已，可这心中到底控制不住失落。

从那次视频之后，他们其实已经有一个多月没有通过电话。

一回头，李耕晨就对上了大呆那圆溜溜、乌瞪瞪的眼睛，大呆似乎看出他的不高兴。

李耕晨抬手揉了一把大呆的大耳朵，说："没，你柯儿姐好着呢，怎么可能惹阿爸不高兴！她就是忙……"

大呆站起身走开，没多久就叼了一个玩具球过来，递到了李耕晨的手中，然后咧着嘴看他，仿佛在说：那我们也忙起来吧。

这玩具球，却不是像斑哥的那种皮球，而是一个带着软刺和一米多长尾巴加拉环的球球。

这是大呆最喜欢的玩具。它喜欢主人拉着拉环，将球在地上拖出凌乱的路线，而大呆就喜欢扑这样路线诡异的球。

说起来，这个习惯还源于大呆曾经有一只流浪猫朋友，那是他们来这个小区后的第二年。李耕晨也不知道大呆是怎么认识它的，但是很显然，这两个小家伙友情来得迅速，很多时候，李耕晨会发现大呆跑着跑着就不见了，而最终找到它,都是和那只黑白花的猫猫在一起。

也就是从那之后,大呆就爱上了球球在地上滚动时的追逐运动。

李耕晨把茶几和桌子挪到了厨房,鞋架也收进屋子里,"球场"宽阔了起来。

然而,大呆这大块头一动,还是将客厅既有的物件搅了个人仰马翻。

李耕晨望着倒在地上已经碎成几片的花瓶和扫飞的拖鞋,一阵的无语。

大呆知道自己闯了祸,耷拉着耳朵,夹着尾巴站在墙角,时不时地偷看李耕晨。

李耕晨也是无奈了。这游戏,其实一般是不会在家里玩儿的,也怪自己考虑不周,他的心里没有责怪大呆的意思。

李耕晨朝大呆走去,想摸摸它的头:"大呆,没关系的,咱们下次不在屋里玩儿这个游戏了。"

大呆以为李耕晨伸手来揍它,整个身子紧紧地贴近墙角,小眼神儿可怜起来。

李耕晨哭笑不得,走上前一把搂住了大呆,用力地揉揉它的头,说:"好啦,这次算是阿爸的判断失误,不怪大呆的。等阿爸把客厅打扫了,我们就去休息!"

李耕晨躺在床上之后,手里也一直拿着手机。

他在等李芃柯的电话,女儿说好忙完了就会打电话过来的。

然而,直到李耕晨迷迷糊糊地睡了过去,也没接到李芃柯的电话。

19

第二日，李耕晨醒来，翻了翻枕边躺了一个晚上的手机，依然不见任何讯息，他坐了起来，给女儿打了过去。

"阿爸，昨晚我工作结束之后已经很晚了，怕打扰你休息就没打你电话。"芃柯解释道。

李耕晨松了口气："没事没事，你还好吧？工作累不累？"

"累倒是不累，就是最近有些忙。"李芃柯的声音显得很轻快，后又压低了声音说："阿爸，我跟你说哦，公司大概是要重点培养我了，我现在多了很多的机会。"

"是吗？那可真了不起！你要好好加油啊！"李耕晨也是由衷的高兴。

"阿爸，你放心吧。"顿了顿，李芃柯又问，"阿爸，你昨晚打我电话有什么事儿吗？"

李耕晨一愣，顿时半点儿也想不起来自己找芃柯到底要问什么了："哎呀，你看你阿爸这记性，咋一点都想不起来了，不过应该也不是什么重要的事情。你忙的话，就先去忙吧，等阿爸想起来了，再问你。今天我还要带大呆去洗澡呢！"

"去洗澡？"李芃柯有点惊讶，"阿爸你是说要带大呆去宠物店花钱洗澡吗？我的天哪，真的假的？"

"怎么？不行吗？大呆身上脏兮兮的，它也难受，我抱着也臭烘烘的。"

李芃柯咯咯地笑个不停:"必须特别行!阿爸,我不在的这些日子,您还真是变了好多哦!"她清楚阿爸除了女儿以外,在任何地方花钱都是要多省就有多省的,他竟然愿意为大呆花钱洗澡,这不得不说是一个意外。

李耕晨笑道:"你这丫头!行了行了,不跟你聊了,我要带大呆出门了。"

这是李芃柯北漂以来,李耕晨第一次主动挂女儿电话,她还没反应过来,电话里就传来了"嘟嘟嘟"的忙音。

李耕晨急匆匆地带着大呆找到了迷尔宠物店。

那是在市中心繁华地段的一个宠物医院,大概名气还不错,李耕晨问了几个路人,竟然毫不费劲地就找到了。

李耕晨抬手敲了敲那擦得锃亮的玻璃门,门一开,李耕晨就吓住了,大呆也是奇怪地仰望着。

开门的是一个眉清目秀的女孩子,年纪和身高看起来都和李芃柯差不多,最奇的是,那模样生得也极为相似。

女孩子笑得眉眼弯弯:"大伯,您好!请进!"

女孩这一笑,李耕晨才确认这不是自己的幻觉,也确实不是自己的女儿。这女孩笑起来,脸上没有芃柯的小酒窝。

不过,他掠过一个念头:就凭这姑娘的长相,即使这家宠物医院收费贵一点,也该让大呆在这儿享受服务。

女孩热情地招呼李耕晨:"大伯,您坐,我给您沏茶。"

说着,她转身就端了一杯茶过来。

李耕晨看着她的身影,恍惚就觉得见着的就是自己的女儿。

"大伯,您是第一次来我们家吧?"女孩子笑眯眯地问,"是要给狗狗美容吗?我们最近美容有优惠哦。"

李耕晨一愣,说:"不……我们不美容。我只是带它来洗澡的,它在家里害怕洗澡。"

事实上,大呆只是害怕让他帮忙洗澡而已。芃柯在的时候,它就不这样。这姑娘和芃柯长得这么像,想必顺利很多吧。

"这样呀。不过,狗狗害怕洗澡,都是有原因的哦。比如直接用莲蓬头给它冲水,水温太高烫到了它,或者是洗澡的时候呛到水、沐浴液刺激到了眼睛,甚至是一边洗一边责骂它等等,都会让它害怕洗澡。"

李耕晨一愣,而后就想起了那件和杀鸡有关的事儿。好像就是那件事之后,大呆才开始害怕洗澡。他忍不住叹息了一声:"唉,我还没开始,它就害怕,都是从它看着我杀鸡后,然后用剩下的热水想给它洗澡开始的。当时它就吓得躲起来。后来我一要给它洗澡,它就跑开了。"

女孩儿咯咯咯笑了一阵:"您啊,是真把它给吓住了。它还以为自己跟鸡一样,要被你抓起来滚开水拔毛,开胸膛捋肠呢。您想想,如果有个人被抓了起来,亲眼看见之前有人被宰的残酷场景,他也会害怕吧。"

"也是,我也这么想。"李耕晨如是道。

女孩子乐呵呵,又缓缓地抬手去揉大呆的脑袋,大呆其实很少让第一次见面还不熟悉的人摸头,可这次,它却愣愣

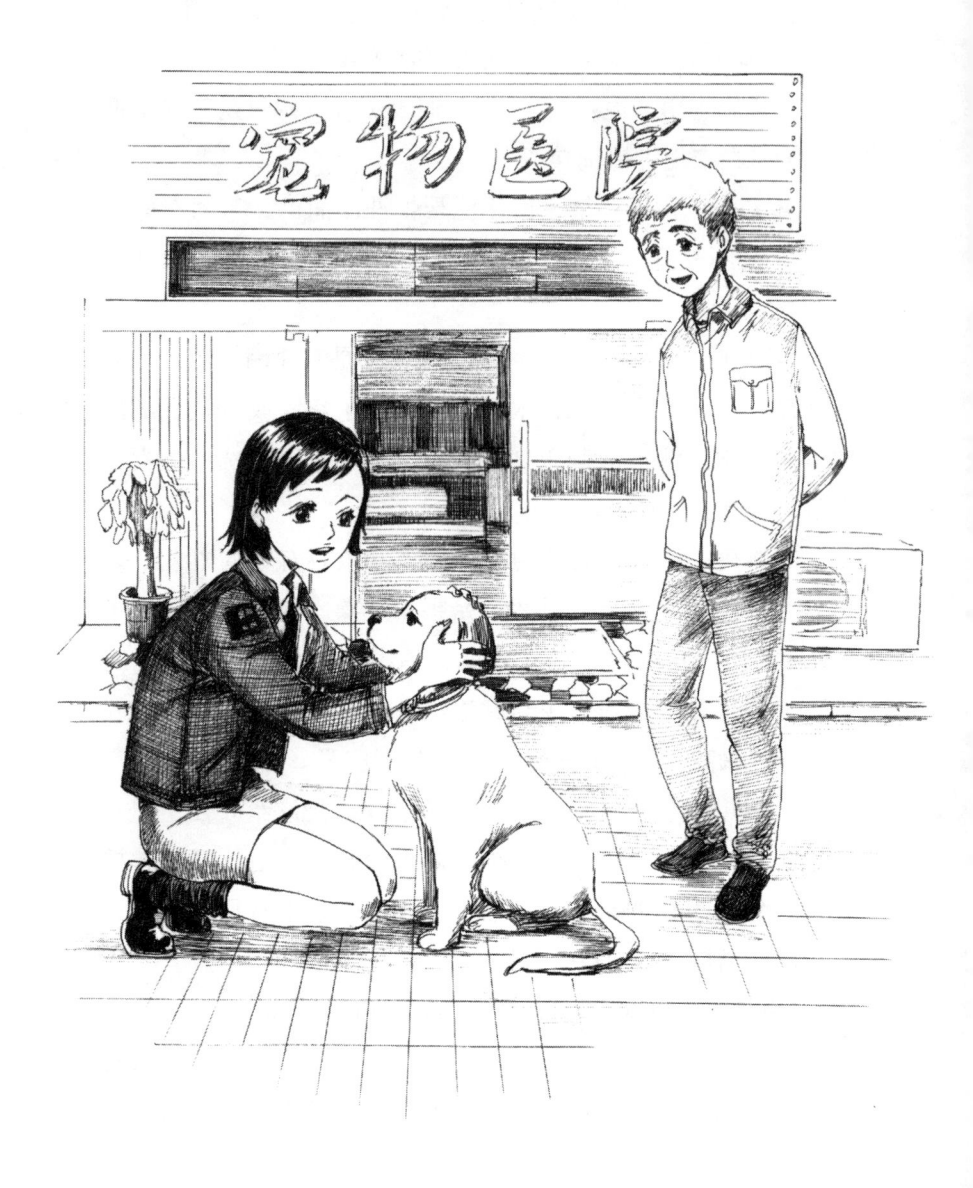
宠物医院

地看着女孩，任由她抚弄安慰。

女孩惊喜地蹲下身来对大呆笑："呀，你也喜欢我吗？那咱们也算'一见钟情'哦。来，握手。"

大呆咧着嘴，舌头向后卷起，尾巴也矜持地摇着。它先是低头闻了闻女孩的手，而后略一犹豫，就将前爪放进了她的掌心。

女孩乐不可支，温柔地晃了晃大呆的爪子："我也很高兴见到你！"

逗了一会儿大呆，确认它对自己没有抵触情绪后，女孩儿抬头对李耕晨说："大伯，您的问题其实很好解决。这种情况，我们医院也碰到过好多，划分起来，这应该算狗狗的心理问题。"

李耕晨犹豫着问了句："价格不贵吧？"

李耕晨虽然对大呆是很慷慨的，但是芃柯在北京的工作还不太稳定，他每月都要从并不高的退休金中拿出一些贴补她，所以对于日常的花销还得精打细算。而这个月，由于给大呆加餐，事实上已经多花了不少。

女孩介绍说："你家的狗狗属于大型犬，所以普通的单次100元，高级SPA一次200元以上，如果泡预防皮肤病的药浴，就在300元以上。"

李耕晨听完后，好半晌没有出声，他想：一百块得买多少碎骨头。

女孩大概是看穿了李耕晨的心事："大伯，您是第一次来，我们可以给您个优惠。让您的狗狗享受最高级服务，但是给您最低的价格。您放心好了，这家店是我开的，不是为了赚钱那么简单。我也是爱狗狗，想为可爱的狗狗服务才是我的目的。"

李耕晨把手伸进口袋捏了捏那张黑色的卡片，又抽了出来。他一想，店主刚才说了要用最低的价格给大呆最好的服务，这不是打个九折的问题了。他开心地点点头："谢谢小老板！"

女孩又是一笑："大伯，我叫金晶，您可以叫我金医生，或者小晶。您第一次来，我带您参观一下我们的医院吧。"

这所宠物医院，有四间上下两层的大房子，每个房间的墙壁上都挂着或可爱或蠢萌或威武的狗狗照片，身着白大褂的医护人员正在各自的岗位上为宠物宝宝们细心地忙碌着。

浴室里，温馨干净，地板光可鉴影，墙壁上镶嵌的方格架子里狗狗用的浴液（香波）、吹风机、吸水毛巾、梳子、剃毛的电动剃刀、洗完后掏耳朵用的棉花和止血钳……

一样样，可谓是应有尽有。

而在他们参观的过程中，在一楼的时候，大呆自始至终都坐在那里，很专注地看着金晶说话的嘴，不时地摇一下尾巴。等李耕晨要上二楼，大呆就一起跟了上来。

"大伯，我们这儿的设备怎么样？"一圈转完了，金晶微笑着问李耕晨。

李耕晨说："还不错。事实上，洗澡的这些东西，我家里都有的，可惜我不会用。"

金晶眨眨眼："是吗？为什么不会用呢？"这个不合理呀，

不会用，怎么可能会买回去呢？

李耕晨也不瞒着，说："那些东西其实都是我女儿买的。以前也一直都是我女儿照料大呆的，现在她当了北漂，这活儿就扔给我了，我一老头子笨手笨脚的，大呆跟着我受苦了。"

金晶听了后也是颇有感触："嗯，这确实是为难您了。这样吧，今天我亲自给大呆洗澡，我一步不落地教您，您站在旁边看着，这样也可以给狗狗一种'我主人也在'的安全感，您也能学会给狗狗洗澡。一举多得。"

李耕晨十分感动："真是太谢谢了。"

"不客气，咱们都是为了狗狗！"金晶顿了顿，又说，"伯伯，您带着大呆去后院溜达溜达吧，等它排完了尿便，我们再来进行下一步。"

李耕晨一愣，问："这也是洗澡前的一个步骤吗？"

"对！"金晶肯定道，"洗澡之前让它将尿便排空，对它也是有好处的。因为在洗澡的时候，我们通常还会帮狗狗按摩。"

一提起"按摩"二字，李耕晨就忽然想起，自己昨儿晚上是要问柯儿该怎么给大呆按摩的。

金晶见李耕晨发愣，就问："大伯，您在听吗？"

"在，在听的。洗澡之前先让大呆下楼遛一圈，解决完了内急再开始。"李耕晨说。

"对！"金晶点点头，"那您现在带它去院子吧，等您回来，我再同您说下一步。"

"好！"

李耕晨带着大呆在院子里走了一两圈，回屋后，金晶就用梳子，一点点，小心翼翼又十分耐心地帮大呆将打结的毛毛都梳开。她动作轻柔，神态认真，生怕弄疼了大呆，对洗澡产生恐惧感。

　　李耕晨看着金晶辛苦，内心里有种莫名的尴尬，因为大呆的很多毛毛，已经快要成死结了。金晶这么认真地梳，实在是很费时费力。

　　金晶有些无奈地说："大呆身上确实很脏了。可如果这些结都打湿了，就会变得更麻烦。也不容易吹干。"

　　李耕晨点点头："受教了。"

　　半晌，大呆身上的那些打结的毛毛，终于被梳开。满头大汗的金晶一抹额头，脸上就露出了一个特别有成就感的笑容。

　　"来，大呆，咱们去洗香香咯~"金晶抚摸了一下大呆的头，亲切地喊着它的名字。

　　大呆看了看金晶，没有动身的意思，只是摇了摇尾巴。它又看了看李耕晨，李耕晨点了一下头，它就欢畅地随着金晶来到了浴缸边。

　　"咱们呀，要先把肛门腺挤干净，如果直接放进浴盆里，会对狗狗的味道有影响，因为肛门腺的脏物是很臭的。"金晶一边说一边做，李耕晨就一动不动地看着。

　　没多久，金晶就接着做下一步："接下来呢，就是把狗狗打湿，其实这也是有讲究的。就是先身体后四肢，最后再头部。这样的顺序，是为了循序渐进。如果反着来，先打湿了头部,这澡多半是洗不成的,它就会撒腿就跑。咯咯咯……"

李耕晨也是乐不可支:"这个我还真是不知道,不过一细想倒是也能理解。咱们洗澡的时候,可不就是洗头最烦么。要闭眼,要担心水进入耳朵、眼睛。"

"对,差不多是这个道理。"金晶微笑着说,"然后呢,上沐浴液后,却是要按着先头部后是身体最后四肢的顺序冲洗。"

李耕晨仔细一想,也表示记住了。

金晶最后以轻松温柔的姿态拿着清水,帮大呆清洗干净后,用质地极好的吸水毛巾一点点擦干大呆体表的水分,最后又用吹风机吹干整理毛发后,把手伸到了狗毛的最里面和四肢里侧,感受毛毛们有没有被彻底地吹干。

她转头对李耕晨解释道:"最后的检查也很重要,如果不彻底吹干的话,大呆会觉得难受。但它就算难受也说不出来呀,只能扛着。所以我们必须细心。"

李耕晨回想起放任大呆去小溪里"摆一摆"的日子,真是太随意了:"好,我以后一定会检查的。"

金晶点点头后,继续工作。

要说这洗澡的过程,最让李耕晨吃惊的,其实并不是金晶娴熟麻利又不失温柔的技术,而是在整个过程中大呆竟然没有丝毫反抗。只要她的手臂和水花没有妨碍到眼睛,大呆就一直盯着金晶的面部,保持着一进门之时那种惊奇不已的样子。

金晶洗了一下手,脱下白大褂,把李耕晨带到了旁边像客厅一样的房间里,大呆很有自知之明似的坐在了房门口。

金晶对李耕晨特地交代:"刚才我给大呆用的东西都是一次性的,但是你要去别的宠物店的话,一定要自带浴液、浴巾、梳子之类的东西,因为他们不可能为所有的狗狗都准备一套,也很难保证这些用品有没有接触有皮肤病的狗狗。另外,给狗狗吹干后,一定要记着把耳朵里面擦一下,剔脚底毛和剪指甲。这些一般都包括在洗澡的费用里了。但是有的宠物店,你如果不提出来的话,他是不会主动做的。"

李耕晨听得很仔细,也很认真,他其实还想说:如果我还会带大呆去宠物店的话,一定不会去别家啦。

临走的时候,金晶怕李耕晨年纪大,记不住洗澡的流程,还专门画了一张一目了然的狗狗洗澡流程图,递给他说:"大伯,如果您还有什么不清楚的地方,或者碰到有什么新的问题,也可以打电话咨询我。"

"太好了!我碰到的问题可能少不了。"李耕晨说。

李耕晨感到这是一个很不简单的年轻女老板,跟宋大臣一样,脑袋瓜很好使,现在的年轻人啊,真是了不得。

大呆走出店门后,还回头望了望。

"大呆,你是不是想柯儿姐了?"李耕晨一看大呆那样子,就猜中了它的心事,他叹了口气:"谁说不是呢,阿爸也想。可惜啊,金晶不是柯儿姐。如果是,那倒好了,咱们一家三口就能在同一个城市,想她的时候,可以随时来看看,她也随时可以帮你洗香香。唉……想想都是蛮幸福的事儿。对了,柯儿姐也好长时间没回家了,咱们上次见到她,还是在手机视频上,你看到了吗?柯儿姐明显瘦了好多,也憔悴了好多。今早又打电话说,日后要更忙了。她一个女孩子在外面闯荡,着实是不容易啊,阿爸心疼着呢!做梦都心疼……"

李耕晨跟大呆絮絮叨叨了一路,大呆貌似听得很认真。

20

实际上,尽管得了金晶的"真传",李耕晨给大呆洗澡也不太顺利,但是有金晶的电话指导,倒也不算没辙儿。

说起来方法还挺逗的。

金晶让李耕晨每天都冷漠地对待大呆,只有洗澡的时候才对它展露笑容。

这一点,李耕晨做起来还真是蛮辛苦的。

比如早上,大呆遛了弯,吃了饭,几乎甩动着整个身体朝李耕晨撒娇求摸头,或者翻出肚皮来求摸摸肚子的时候,李耕晨就不能像以往那样尽情地安抚大呆了,毕竟,要冷漠嘛。

再比如前阵子,睡前李耕晨都要和大呆说说它特别愿意听的柯儿姐,可最近,这个节目被取消了,大呆每天都是兴致勃勃地等待,却又大失所望地入睡,看着也蛮教人心疼的。可怜李耕晨也是憋了一肚子的话,却不能找大呆愉快地倾诉,毕竟,要冷漠嘛。

大呆还以为是主人心情不好,每天都翻着花儿地撒娇卖萌逗主人开心，可主人却一直都是一张"苦瓜脸"，渐渐地，它大概也觉得撒娇路线不好走，然后就改走温情路线了。李耕晨在哪里停住，它就麻溜儿地靠上去，有时候是蹭蹭腿，有时候是舔舔手心，偶尔见李耕晨坐在沙发上发呆，它也会跳上沙发去，强行靠在主人腿上，还时不时偷偷地往主人怀里蹭，蹭一两下就偷看一眼李耕晨。它浑身上下都散发着"主人你不要不开心啊，我会一直陪你哒"的气氛。

李耕晨其实早已被大呆萌样弄得满心柔软，也十分想摸摸大呆，可一想到金晶的叮嘱，也就只得克制一下。

有一次，遛弯的途中，忽然下起了雨，大呆和李耕晨一起回到家的时候，都成了落汤鸡。不过，李耕晨倒是挺开心，终于能给大呆洗澡了！

把大呆带进浴室后，他就露出了久违的微笑。

大呆一见李耕晨的笑容，竟然愣了好几秒，紧接着大尾巴就卖力地晃动了起来，那幅度和频率简直要赶上曾经迎接芃柯放学归来的热情。

大呆十分兴奋，上蹿下跳。事实上，它整条狗都在摆动，尤其是臀部，像个电动小马达。

李耕晨给大呆全程微笑服务，果真它比以往听话很多。这一次，总算顺利地完成了大部分的洗澡工作。

眼看着大呆要出浴啦，李耕晨才发现竟然忘记带大呆的毛巾了，于是打算回头去拿。结果，大呆大概是嫌毛毛太重，直接开启了电钻模式，用劲抖了一通，刚起身的李耕晨被水洒了一身不说，脸上也沾上了伴随着水珠飞来的毛毛。

李耕晨"呸呸呸"地吐出飞进嘴里的狗毛，有些生气地喊了声："大呆！"可刚喊完，李耕晨就想起来金晶的叮嘱。绝对不能在它洗澡的时候责备它——讨厌和喜欢能左右狗狗对一件事情的态度。

　　他顿时抬手揉了揉大呆的脑袋，又放柔了语气，极其不自然地接了一句："乖乖的，阿爸就喜欢大呆乖乖的！"

　　大呆歪着脑袋不解地看着一惊一乍的阿爸。

　　李耕晨深吸了口气，调整了一个温柔微笑的姿态："大呆今天洗澡的时候特别乖，阿爸很高兴！"

　　大呆看主人没有生气的意思，再度摇晃起屁股来，粗壮的尾巴"哒哒哒"敲在旁边的水管上，节奏明快地如同一曲欢乐颂。

　　至此，李耕晨和大呆之间关于洗澡的磨合终于完成，而大呆也爱上了洗澡，只要听见浴室的水声，它就会自主自发地跑过来，跳进浴盆里。除了每次给大呆洗澡，到最后总是甩李耕晨一身水之外，一人一狗之间倒一派和谐。不过，渐渐地，李耕晨将这个也当成了乐趣，与大呆的互动也更加顺利了。

　　后来，小区的老头老太太们闲聊之中发现，李耕晨给狗狗洗澡的功夫，竟然比小区后排的王大爷都厉害，这可着实让人惊讶了一番。

　　这王大爷，就是之前那只抢了大呆风头的斑哥的主人。他养狗颇有些年头，知道的事情也比较多，以往大家有什么狗狗方面的问题，一般都会问他。

得到呵护的大呆，柔软的毛发看起来光滑又有质感，与以往判若两狗。

神清气爽的大呆像个新郎官偶尔在小区露一下面时，有几条漂亮的母狗就会跑过来嗅它身上的味道。

这让李耕晨很是欣慰，至少，这证明大呆的气质在狗界是绝对没有问题的。

李耕晨希望大呆出个大风头，成为真正的"狗明星"。

就在这个时候，李耕晨听说下个月他们所在的泽西区要办个宠物嘉年华，所有家里有宠物的泽西区居民都可以报名参加。

宠物嘉年华是什么意思李耕晨不知道，但是李耕晨看见了里头有一个"汪星人名模大赛"，还说有电视台录像。大呆要是夺了好名次，那就不止是在开明小区成为明星了，到时候他再适时地拿出眼镜医生关于睡眠呼吸暂停综合征的诊断书，以及睡眠诊疗的监测状况当场公布，那大呆的聪明和神奇就会在整个区的居民心中固化下来，在铁的事实面前再也不会有人质疑了。

李耕晨将自己这个想法和同一幢楼的邻居老张说了之后，老张却给他泼了冷水："老李啊，你家大呆现在的确是好看了，但是，这个'汪星人名模大赛'说是选美，却也不是完全就看外表，那是要内外兼修的。"

李耕晨一听这话就有些不大乐意。"我家大呆就是内外兼修！再没有比它更好的了。"

"嘁。谁家不是这么想的呢？"老张无比中肯地说。

李耕晨皱眉："老张，你是不是还是不相信大呆救过我？！"

老张觉得这事儿扯不清，索性就不扯了。直言道："这个就算我相信也没用啊，救你不救你，跟比赛没啥关系。再说，就算你家大呆好看，进了复赛、进了半决赛之后，那是要准备才艺表演的。你就只是让大呆去表演是只狗都会的叼鞋子吗？这算什么才艺呀。"

这话，让李耕晨陷入了沉思。

这上台表演叼鞋子，的确是不怎么像样。终于，李耕晨决定要让大呆掌握一门足以服人的接物绝技，最好是能比王大爷家的"斑哥"空中接物的本事还要棒。

李耕晨决定闭关训练大呆，再也不允许大呆出去瞎晃，即使放风，也只选择天黑之后，去小区附近的骆驼山散步玩耍。

李耕晨的训练方法比较随心所欲。比如，在散步的时候，他走累了，就随便找个地方坐下来，然后脱下一只鞋，抛向空中，命令大呆追出去跳起来衔住，然后送回他的手中。

然而，不管他试多少次，大呆要么就是懒洋洋，慢吞吞地走过去把鞋子捡回来。要么就是在捡的途中被路边的小野猫吸引走了注意力，玩半天才会将鞋子捡回来。好不容易精神状态挺亢奋，哼哧哼哧如离弦之箭一般追着鞋子去了，却要在最后的时候，停下来，等着鞋子落地上后才会捡。

李耕晨左试右试，大呆依然还是前爪都不愿意离地。他内心挺纳闷的，照理说大呆挺听话的，但为什么就不愿意跳呢？

"大概是中间的沟通出了问题吧……"他看着把鞋子送回来的大呆，有些惆怅地喃喃自语。

捡回了鞋子，却没有得到摸头和夸赞的大呆十分期待地看着主人，眼睛闪闪亮，仿佛在催促主人"快夸我呀！"

然而，李耕晨因为在想心事，完全没有接收到大呆的眼神，就直接起身往家走。

大呆耷拉着脑袋，垂着尾巴跟在李耕晨的身后，慢吞吞地往前走，整只狗都没了以前的欢乐劲儿。

李耕晨走着走着觉得不大对劲，一回头就看见大呆竟然落在了身后十几米的地方，他赶紧喊了一声："大呆，快跟上，咱回家啦！"

大呆听了，眼中顿时重新点燃了光彩。它撒开脚丫子飞奔过来，到了李耕晨面前的时候，来了个急刹车，然后晃着尾巴围着他走了一圈，抬起头来看他。

在很久以前，大呆这么冲过来，其实是很喜欢扑进他怀里的。

还记得当初他们一家子出去踏青的时候，大呆最喜欢玩的游戏之一就是像一支点燃的炮仗一般，从十米开外冲过来，全身充满了惊人的力量，然后重重撞进他的怀中，如果能顺势将他扑倒了，它就能格外兴奋地甩着大舌头亲吻他的脸。

但是，自打几年前他觉得自己无论从体力还是体格上，终于不得不承认自己老了之后，大呆就再也不这么玩了。

不过，大呆还是喜欢朝着李耕晨飞快地冲过来，炉火纯青地将这急刹车的技能发挥到了极致，一停，准能停在他的脚边，金色柔软的长毛恰好擦着他的裤脚。

李耕晨回想起往日，就感受到了大呆的贴心和温柔，之前因为大呆不愿意跳的那点惆怅一扫而空。

他揉了揉大呆的头，看着它的眼睛认真道："等明天，阿爸给你换个你一定喜欢接的东西，咱现在回家！"

大呆便神气十足地跟在李耕晨的屁股后面。

第二日早上，李耕晨上街买了包子回来。才进小区，李耕晨就看见自家大呆正蹲在楼道口等他。

李耕晨早上外出时忘了锁门，大呆现在就出来迎他了。

李耕晨打了个呼哨让大呆过来。

大呆一听指令，兴奋地冲了上来，李耕晨还不等它近身，就朝着大呆投去了一个滚热的包子。

大呆的鼻子灵敏极了，早就闻出了那是香喷喷的好吃的东西。它斜着身子就追着包子来了个漂亮的鱼跃，结果"嗷呜"一声撞在了路边的梧桐树上，"噗"地掉地上了。

李耕晨偏离投喂的方向，包子形成的抛物线，无法让大呆准时接到，看上去可怜又好笑。

"噗~哈哈哈……"李耕晨忍不住笑了出来。

大呆像一个醉汉一般晃悠悠地起来就要去叼包子，它不放过任何一个展示自己其实是个"吃货"的本质。

大呆那长长的嘴巴两次都伸偏了，终于在第三次叼起来，一口将这得来不易的肉包子吞进了嘴里。

164　遇见汪星人

然而，这包子外皮儿虽稍微凉了点，可里面却还是滚烫的，大呆顿时烫得满地擦嘴，还发出了"昂昂昂"撒娇般的求助声。

这下，李耕晨也顾不得笑了。赶紧将手中那装豆花的塑料盒子腾出来，然后接了一盒子的凉水，大呆一嘴戳进去，然后急切地伸出舌头"嗒嗒"有声地喝了起来。

尽管大呆出了糗，可它那一跃而起，却让李耕晨看到了训练成果的希望。之后，他就专门用食物来训练，为此便过上了天天买早餐的奢侈生活。

训练的日子过得充实而又快乐。李耕晨觉得，自己有生以来还没有一件事物把自己的心房填得如此实在。他似乎找到了一剂摆脱孤独的良方，如果很想女儿芃柯，就没完没了地照料大呆，因为他发现，伺候狗狗的学问是永无止境的，这不得不说是一举两得的好事。

当然，大呆也是乐在其中的。

要知道，有的狗狗为什么待在家中动不动就要吠叫一番，那是因为想引起主人的注意。大呆每天都有李耕晨陪伴和频繁地互动着，它应该知道自己在主人心中有多重要的位置，即便是它的柯儿姐照料得也不过如此。

在生活的每一个细节中几乎都能捕捉到大呆对李耕晨的感激。比如，有次李耕晨在给大呆狗食时，顺手拿了一块放进嘴里，尝尝究竟是啥味道，大呆深情地望了他一眼，提腿给他在食盆边让出了位置。

不过，这日子过得充实倒是挺充实，可两个星期过去了，李耕晨发现，大呆的进步并不大。

除了肉包子能跳起来接住之外，其余的依然是老样子，玩具球、鞋子，其他的任何东西，都是掉在地上然后再捡起来的。

李耕晨总觉得，这才艺表演要是表演接包子，怎么想都好像有点儿不够高大上。

这训练的事儿，让李耕晨着实有些茫然。

21

这日晚上，李耕晨就坐在沙发上跟大呆聊天。

"你柯儿姐啊，在外面忙，这眼看又是一个多月没给咱打电话啦。"

因训练累了一天的大呆原本把头放在前腿上，闭目养神，但是一听"柯儿姐"三个字，马上支起了脑袋来。黑亮黑亮的眼睛里水光闪闪，那大大的耳朵也支了起来。

"大呆，阿爸本来是想让你成为明星狗之后，给柯儿姐一个惊喜的。可咱现在也没啥进展。要不，我们给你柯儿姐打个电话？跟她分享一下你的小成就，再问问她是不是有啥妙法帮你进步，当初是柯儿姐教会了你送鞋子呢，她应该有好方法的。"

李耕晨拨过去的电话响了没多久，就被接了起来。

"阿爸，怎么这么巧，我刚想给你打电话呢，手机就响啦~"电话那头，李芃柯充满活力的声音传了过来。

李耕晨有点不大相信："可不要诓阿爸，这都一个多月没打电话了。阿爸一打，你就想打啦？"

李芃柯听出了父亲话中有话，赶紧解释道："阿爸，我前段时间在忙着工作和搬家呢。这才空下来。"

"搬家？"李耕晨微微皱眉，"为啥要搬家？"

"唔……"李芃柯沉吟了一下，说："您不知道，京城的房租太贵啦！正好我上个月升了职，有资格住公司分配的宿舍啦，所以就搬了过去，能省不少钱呢！"

李芃柯言语间的高兴，是拦也拦不住的。

事实上，李芃柯的这副高兴劲可不是搬家的原因，而是她可能不久之后就要出国去交流学习了。她想好要把这个消息跟父亲分享的，但她担心父亲又会坚决反对，正如以前反对她学舞蹈，反对她上京城一样。

"真的？"有那么一瞬间，李耕晨听出了女儿话里的迟疑，所以心底里还是有那么一点点怀疑的。

大呆隐约听到李芃柯的声音，就有些着急地站起来，在李耕晨身边来回走。

李耕晨没有理会它，它就索性抬起前脚，踏在了李耕晨的膝头。长长的鼻子顺着李耕晨拿手机的那只手往上嗅，仿佛笃定在那尽头会有柯儿姐的味道。

被大呆这么一闹，李耕晨心中那点儿疑窦很快也就揭过去了。他对李芃柯说了句："大呆老想你了！"就打开了免提。

"大呆……"

李芃柯的声音从手机里传来的瞬间，大呆摇着尾巴瞬间弹起来，跳上了沙发，整只狗都撞进他怀里。

李耕晨想起之前大呆扒拉赵晓峰那手机的劲道，心有余悸，于是直接将手机举得高高的，生怕大呆叼了去扒拉。他一边拿着手机躲，一边命令大呆："大呆，乖，先坐下！"

李耕晨拿手机的手越是闪躲，大呆越是兴奋，身子一伸前爪抱住他的右手，长长的嘴巴毫不犹豫地朝手机杵过去。

这一人一狗在这边闹腾，李芃柯在另一头也是听得不亦乐乎，时不时就发出了"咯咯咯"的清脆笑声。

大呆发现在这只"盒子"里并不能触摸到柯儿姐，就歪着脑袋坐在李耕晨的旁边，和李耕晨一起分享柯儿姐的声音。

李耕晨见它这样，失笑道："这要是有了智能手机，你小子不得一张大脸全糊屏幕上啊！"

芃柯也是笑得直不起腰来，"哈哈哈……阿爸你说得不对，咱家大呆脸不大，但是它能把大舌头伸出来，全糊在屏幕上。"

想起那次和大呆视频的时候，大呆竟然疯狂舔屏，柯儿就乐不可支。

大呆看着李耕晨笑，它也是咧着嘴，也是挺开心的样子。

说着说着，李耕晨就说起了去参加宠物嘉年华里汪星人名模大赛的事儿，还把这几天的训练情况也和女儿大致说了说。

李芃柯闻言就咯咯咯笑个不停。"阿爸，你可真有创意，把大呆玩儿出这么多花样来。"

"别取笑阿爸，我可是为大呆着想呢。柯儿，你有没有啥方法，能让大呆的进步迅速点？"李耕晨问道。

李芃柯说："阿爸，当初我练大呆的法子，就是别人教我的，我也都告诉你了。不过，大呆不爱跳，我觉得这可能和它的年纪有关系。"

李耕晨一想，觉得女儿说的也不无道理。"是啊，大呆都十多岁了……"

这么说来，那大呆岂不是不能练这个了？那选美大赛的才艺表演可怎么办？

李芃柯说："阿爸，你先不要着急，我前阵子认识一个对狗狗很了解的人。我问问他吧，说不定，他有训练大呆的办法呢！"

"你的同事吗？"李耕晨追问道。

李芃柯说："哎呀，反正说了阿爸你也不会认识的啦。唔……我明儿打电话问问，然后再告诉你，这样好不好？"

"也好。"顿了顿，李耕晨忽然想起了一件事来，于是就问："柯儿啊，我看你以前老是给大呆做按摩的，这个你也教一下阿爸，阿爸也给大呆好好按一按。"

李芃柯听了也是很高兴，于是跟李耕晨细细地说起来。

可是，芃柯说的那些位置啊、力道啊之类的，在电话中，李耕晨都不能很好地理解。最后，两人都有些着急。

李耕晨甚至气馁地说："算了算了，阿爸脑子不好使，听不懂这些，也做不来。"

李芃柯赶紧安慰："阿爸，怎么说呢，这个也不能怪你，很多动作和手法，的确光靠语言是比较难解释的。但总而言之，就是只要大呆觉得舒服，那就可以。"

李耕晨皱起了眉头，"嗯"了一声。

芃柯知道阿爸心里急，忽然，她灵光一闪，说："阿爸，这样吧，我录一个视频给您，到时候您就照着视频学，这样好不好？"

"视频？怎么给我？"说到视频，李耕晨就想到了赵晓峰，这皱着的眉头就不由得松了下来。

李芃柯娇笑起来，然后解释说："阿爸，我本来是想给你一个惊喜的。不过，既然话赶话说到这儿，我就同你直说了吧。我呀，用加班费给你买了只智能手机。"

"你这孩子……你，你怎么乱花钱啊！"李耕晨听了之后，这心里是又欣慰又心疼。

芃柯只是咯咯地笑："我这怎么能是乱花钱呢。我就想以后能跟你视频，多见见你和大呆。这样，我就先用这手机拍个给狗狗按摩的视频给你。这个周末，托人给你送过去。"

李耕晨就带了几分打趣，笑道："托人送？该不会又是那个赵晓峰吧？"

李芃柯羞涩地笑了："阿爸，晓峰他出差去了，这周末不在楚江。我托别人给你送。"

李耕晨一听女儿这语气，就觉得自己心中这猜测是正确的。他直白地说："柯儿啊，这晓峰不会是我的准女婿吧？这种大事，你还打算瞒阿爸多久？"

芃柯先是一愣，继而笑起来："哈哈，阿爸你老精明了。他是重点考察对象，考察合格，女儿自然会向父皇禀报。"

"晓峰这小伙子啊，仪表堂堂，人也上进，还善良温和，阿爸挺喜欢。就先通过了。你那一票，你自己投吧。"李耕晨笑嘻嘻的。

不过，只有李耕晨自己心里清楚，自己这话是有私心的——只要女儿心中的那个人不出楚江这座城市，这里就会成为她的归宿，这意味着，他的这件贴心小棉袄就能温暖自己的整个晚年。他多么希望自己的人生结局，不只是让一条狗狗来见证，人生的意义不仅仅是养了一条多么聪明伶俐的狗狗。

李耕晨一点儿也不愿意见到小区王大爷那种情形，省吃俭用把儿子培养成了留学生，结果一去美国就留在那里结婚生子了。儿子还算孝顺，将他们老两口都接去安度晚年，可这老头却水土不服，三天两头生病，只好丢下老太婆帮助照看孙子，自个儿回到了土生土长的地方。黄土埋到脖子上的人了，每次看到他的时候，都牵着"斑哥"忙碌地在路上走着，一副有要事在身的样子。

顿了顿，李耕晨就对芃柯说："柯儿啊，既然晓峰出差去了，那就等他回来再给我带吧。阿爸也不急这一天两天的。"

"不行，这个呀，必须周末送到，我那天还要和你视频呢！"李芃柯的语气十分坚定。

李耕晨拗不过女儿，只好应下。

第二日，芃柯如约给李耕晨打来电话。可是却不是李耕晨所期待的教大呆跳起来接东西的方法。

李芃柯说，大呆这个年纪已经算大了，空中接物其实十分耗费体力,所以能接那一两个包子,几乎已经是大呆的体能极限。

李耕晨其实对这个说法不怎么认同,前阵子大呆还跳上了一人多高的窗台,跑了一百多公里回家呢!可见它的体力是十分好的,身体状况也不错。上次给大呆洗澡的金晶就曾说,大呆虽然年纪大,但是看起来和那些盛年的狗狗没什么区别,肌肉也很有力道。

李耕晨自个儿想,哪怕再去问问别人,也不放下这次比赛。

李芇柯见阿爸没再说比赛的话,就提了一句:"阿爸,给狗狗按摩的视频我已经录制好了,周末的时候,你在家里等哦。"

李耕晨对女儿的话,"嗯嗯"地敷衍着。

李芇柯大概是也猜到倔强的阿爸一门心思都在训练大呆上,于是就安慰道:"阿爸,狗狗的技能其实不少,不做这种强度大的项目,咱家大呆还能走智慧路线啊。"

智慧?李耕晨转头看了一眼歪着脑袋咧着嘴傻乐的大呆,瞬间又想起了它第一次接包子撞到树上的情景,扶额道:"这可能有点儿难为它了。"

第六章
"名模"大战

22

李耕晨思来想去,唯一可以请教的也就只有斑哥的主人王大爷了。在这小区里,高空接物的好手非斑哥莫属。

可李耕晨终究没有去找王大爷,因为让大呆当明星狗这事儿只能是暗地里努力的。万一传出去并且最终没能拿到什么奖项,爱饶舌的街坊们不得笑死,那这张老脸就没地儿搁了。

每到晚上,李耕晨就带着大呆去了附近的骆驼山,慢慢摸索,偷偷训练。

小区里的"狗友"多半只在小区的小公园里遛狗，在骆驼山是不会被他们发现的。

这日，李耕晨如往常一样去买肉包子，然后带着大呆去山上继续操练。训练的成果跟往日差不多，大呆顺利地跳接了两个后就再也不跳了。李耕晨一屁股坐在草坪上给大呆鼓劲儿，鼓励它无论如何都再试一次，希望它能连续接住空中飞来的包子。

可大呆肚子吃得圆溜溜的，它不但吃了最初接住的两个包子，连后面没接住的五六个也捡起来吃了。

望着大呆那优哉游哉晃动着的大尾巴，李耕晨有些惆怅，甚至有些自暴自弃地想：实在不行，要不就上去表演个接包子吧。大呆那一脸馋样儿，也是挺可爱的嘛！

陪大呆再玩了一阵之后，李耕晨就带了大呆回家。

李耕晨下午要出门买挂面的时候，才发现自己的钱包不见了。

翻遍了衣服、裤子的口袋都找不着，李耕晨急疯了："天哪！那里面还有柯儿小时候的照片，有身份证、银行卡。还有一百多块钱的现金。那得能买多少肉包子啊。"

李耕晨在家里将任何可能放钱包的地方都翻了个遍，最后有些绝望地坐在沙发上长吁短叹。胸腔里的那颗心怦怦直跳。

大呆一直跟在他身后东嗅嗅西嗅嗅，仿佛也在帮李耕晨寻找。等李耕晨坐下来之后，它就靠过去。

李耕晨心里有些烦，推了大呆一把。没好气道："走开！

烦着呢！"

被拒绝的大呆有些受伤地看了李耕晨一会儿，没多久，它就又小心翼翼地，缓缓地靠了过去。

这次李耕晨直接拿脚把它拨开。冷冷道："都说了烦着呢！"

大呆便默默趴在了李耕晨的身边，用一双忧郁的眼神望着李耕晨。

李耕晨本来心里还挺烦的，可一看大呆这副模样，就拍了拍它的头，说："大呆，阿爸的钱包丢了。咱们的肉包子，以后就没了。"

李耕晨记得，在早餐摊位氤氲的蒸气里，他接过包子，同时将钱包塞进了裤子的口袋里。裤子因为钱包而出现的垂坠感也一直是伴随着他往骆驼山去的。再后来李耕晨就不记得了。

李耕晨这钱包要是掉在外面，已经过去好几个小时了，那指定找不回来了。

李耕晨的确是心疼钱，可他更心疼的是钱包里柯儿小学毕业的时候，他和大呆一起去她的毕业典礼，然后一起照的全家福。

钱没了可以再有，身份证、银行卡也都能补办。可那张定格了他们全家幸福瞬间的照片，却是不可替代的。

李耕晨觉得不管怎么样，都应该出去找一找的。

大呆跟在李耕晨的身后一起出了门。

外面下着点小雨，李耕晨也没有打伞，满心都是那个装了全家福照片的钱包。

　　李耕晨突然想起，他当时买完包子，就带着大呆去了骆驼山山脚下，在那小径边上石凳休息的时候，还摸到了鼓囊囊的口袋。所以，钱包一定是在那之后丢的。而最有可能让口袋里的钱包掉出来的时候，应该就是他坐在草坪上和大呆耳语"打商量"的时候。

　　一人一狗直奔骆驼山山脚。

　　一路上，李耕晨看见大呆和以往出来遛弯儿时候不大一样，这一次，它一直都在漫无目的地走"之"字路。

　　李耕晨忽然想起的大呆那远超人类的嗅觉，觉得或许它也能帮上忙，于是抬手招了大呆回来，十分认真地和大呆叮嘱："大呆，阿爸掉了一只黑色的钱包，那只钱包你也是见过的。"说着，他将原本放钱包的裤袋翻了出来，"原先是放这里的。但是现在钱包不见了。你能帮阿爸找到它吗？"

　　大呆闻了闻李耕晨翻出来的口袋，有些茫然。

　　李耕晨忽然想起之前柯儿曾说过，如果要命令狗狗做什么，口令不能太复杂。狗狗只能听懂人的一些简单的语言。

　　想了想，李耕晨简单归纳了一下："大呆，找钱包，黑的！"

　　大呆微微仰着头，前爪在前面来回地踏步，尾巴也摇得欢快。

　　李耕晨对自己刚刚的那番回忆还是挺有自信的，所以在路上的时候，他也就是大致地过了一遍。他将重点放在了之前和大呆玩儿"接包子"游戏的草坪上。

果然，大呆对其他的地方也没什么兴趣，一到了草坪上，它就开始用长长的鼻子在已经因为下雨而变得湿软的土地上嗅起来，一圈一圈地在那块草坪上找。

李耕晨径直去了之前一屁股坐下的地方，蹲下身去在草里摸。事实上，草坪上小草并不长，如果钱包掉在这的话，一眼就能看见。可李耕晨仿佛不用手在这方圆一米的范围内地毯式摸索一遍，就不觉得踏实。

半个小时过去了，这近两百多平方米的草坪几乎被李耕晨和大呆翻遍了，也没见那钱包的踪影。

雨越下越大，李耕晨已经有些绝望，那钱包八成是找不回来了，他有些难过地坐在石凳上休息。

而大呆却仿佛还有无尽的耐心，依然在打着圈儿一寸寸地查找。

大呆看起来对这块地方十分感兴趣，如果李耕晨稍微懂点狗狗的行为方式的话，他就应该知道，现在大呆这举动，应该就是找到一些蛛丝马迹了。

大呆来回转悠的圈子越来越小，而且渐渐地靠近草坪边缘的灌木丛。

可就在这个时候，李耕晨已经决定要沿着买早餐的路线去做一下最后的努力了。

他抹了一把脸上的雨水，有气无力地朝大呆喊道："大呆，走了，我们去别的地方找找。"

大呆听到了李耕晨的声音，完全没有理会，而是直立起来站在灌木丛边上，有些着急地"汪"了一声。

李耕晨眼睛一亮，然后走了过去："大呆，找到了？"

　　大呆见主人过来，愉快地摇了摇尾巴，然后在那灌木丛边上来回走了几圈。

　　李耕晨有些狐疑，自己根本就没来过这灌木丛边啊，钱包又怎么可能掉到这里呢？他顺着大呆绕过的路线找了一圈，仍然没有收获。他皱了下眉："大呆，你该不是追老鼠追到这儿了吧？"

　　以往，大呆也喜欢追着老鼠，或者下了树的小松鼠。若是老鼠钻进灌木丛，或者小松鼠上了树，它就会在灌木丛边或者树下赖着不走。

　　李耕晨有点抱怨大呆刚才这种贪玩的把戏，他板起了脸来："大呆，走了。"

　　说完，李耕晨转身就走。可走了几步，发现大呆还是没跟上来。李耕晨心里就上了火气，转头就想呵斥它。

　　李耕晨他还没开口，又听大呆朝他又"汪"了一声，依然是在那片灌木丛附近来回走。李耕晨没好气道："现在不是玩的时候，你要是不走……"

　　李耕晨话还没说完，大呆嘤嘤了两声，竟然转过头，钻进了那片茂密的带刺儿的蔷薇。

　　李耕晨焦急地喊了句："大呆你疯了吗？快回来！"

　　看着大呆一直往里钻，十分担心大呆会被刺儿划伤，李耕晨赶紧小跑着过去，想要拉住大呆，却只剩了一个尾巴在外头晃动着。

　　"你这家伙！不怕疼你就玩吧，我是不会救你的！"李耕晨没好气道。

没多久，大呆就开始往后退。

可是，它大概是被花藤上的刺儿挂住了，疼得呜呜地哼。

大呆的声音闷闷的，似乎有些张不开嘴。

李耕晨一开始听了觉得挺解气，还嘲弄地说："让你贪玩，现在知道疼了吧。"

他还是上前拉开挂在大呆身上的花藤，将它解救了出来。

等大呆一出来，李耕晨就惊呆了。

它长长的鼻子上挂了彩，还有花刺扎在鼻头上，柔顺的软毛也乱糟糟的，看起来很狼狈不堪的样子。嘴里叼着李耕晨那只已然发旧的钱包。

"我的天哪！"李耕晨惊呼出声，他激动得手都有些颤抖了。

李耕晨小心翼翼地给大呆取下了扎在它鼻尖的花刺，大呆大概是有些疼，哼了一声。李耕晨心疼地揉了揉大呆的脑袋。"阿爸错怪你了。"

大呆眼睛闪亮亮的，摇晃着它那大尾巴，浑身上下都散发着"求夸奖"的意思。

李耕晨十分温柔地揉它的脑袋，说："大呆可真能干，阿爸今天就给你加餐！"

李耕晨这高兴劲儿还没过多久，马上冷却了下来。他发现这钱包里面的一百多块钱和照片都不见了，只剩下银行卡和身份证。

李耕晨明白，这是别人拿了里面的钱和照片，然后把钱包顺手丢进了路边的灌木丛。

　　李耕晨到家后，担心大呆感冒，就烧了热水给大呆洗澡。可他心里想着照片的事儿，越想越不甘心，再想到大呆能凭着敏锐的嗅觉找到钱包，那能不能凭着钱包上残留的那个人的气味，而找到那个人呢？

　　这么想着，李耕晨给大呆洗完澡后，就拿了钱包给大呆闻。然后也不管大呆能不能听懂，说："大呆，你柯儿姐的照片被捡钱包的人拿走了，你闻闻，记住这个味道，看哪天能不能把照片给找回来。"

　　大呆煞有介事地认真地嗅啊嗅。这个时候，李耕晨顺着大呆的鼻子，却忽然看见钱包的侧面有两排小小的牙印。

　　这牙印明显不是大呆的，因为大呆的牙印，要比这个宽出些许。

　　李耕晨心想：莫非那捡钱包的人也是在那里遛狗的？

23

　　李耕晨回到家给大呆洗完澡之后，本是想熬碗姜汤自己喝的，可给大呆吹干了毛毛，时间已经不早了，便匆匆冲了个热水澡，急着出门给大呆买了奖励的排骨回来。

　　李耕晨这一天都感到身子不适，就在睡下后，昏沉沉的头越发严重起来，他断定就是雨淋出的感冒，一觉起来自然就会好了。

　　次日清晨，李耕晨浑身像灌了铅一样沉重，他试着用手支撑了一下，又倒了下去。

到了放风的时间，大呆在他的床边哼唧唧地走来走去。

李耕晨有气无力地说："大呆，阿爸有些不舒服。"

大呆看到主人难受的样子，就乖巧地蹲在了床边，将头枕在了床沿上，小心翼翼地把嘴巴伸过去舔了舔李耕晨的掌心。

大呆湿湿的舌头舔过之后，李耕晨感到了一丝清凉在身上传导着。

李耕晨闭目养神片刻，勉强起来给大呆弄了点吃的。他打算让大呆自己出去透透气。

李耕晨打开了门，大呆朝门外看一下又回望了他一眼，在玄关处转了几圈之后，坐在了李耕晨的脚边。

李耕晨摸了摸他的头。"乖大呆，阿爸没事的，你出去玩一会儿吧。"

李耕晨见大呆不动，便想着等晚上自己好点儿了再带它出去转转。

他打算再去床上躺一会儿。

这时，外面传来敲门声。

李耕晨一愣，想起今天是周日，该是女儿托人送智能手机来了。

他上前门一开，就愣住了。门口站着的居然是宋大臣，他左手提了个大方盒，右手拿着个小方盒。

"李伯，你好啊！"宋大臣笑得一如既往的阳光灿烂。

"赵……小宋，你是来看大呆？"李耕晨往一边让了让，然后回头喊大呆,"大呆,来接客人哪!"

大呆看了一眼宋大臣,嘴里就发出了低低的,威胁的咆哮声。

宋大臣苦笑了一下:"大呆把寄养的'仇'记在我身上了。"

李耕晨瞪了大呆一眼,它便就势趴在墙边。

宋大臣刚一进屋后,才走两步,趴在地上原本还呜呜呜的大呆,又忽然站了起来。

李耕晨吓了一跳,这怕是大呆要攻击人家,便赶紧挡在宋大臣身前:"大呆,不许没礼貌!"

然而,大呆歪着脑袋看宋大臣,却没有要攻击的意思,尾巴还摇了起来。

宋大臣看懂了大呆的意思,笑着说:"大呆好像是欢迎我的。"

话音刚落,就见大呆摇晃着尾巴,慢悠悠地走向宋大臣,甩着尾巴从他的鞋子一直嗅到衣角,来回重复着这个动作。

李耕晨和宋大臣都被大呆突如其来的热情弄得有些茫然。

宋大臣有些担心地看着李耕晨:"伯伯,您身体不舒服吗?怎么脸色这么差?"

"哦,昨天淋了点小雨,有点感冒。不过我已经吃过药了,没事。"李耕晨指了指桌上的感冒灵。

宋大臣说:"那就好。最近听说还会有台风来,伯伯你可要多注意身体。对了,我今天其实不全是来看大呆的。主要是来给您送这个的！"说着，他拆开了那个小盒子，一个大屏幕手机露了出来。

"这是李芃柯托我给您带回来的。"宋大臣微笑着补充道。

一听到芃柯的名字，大呆眼睛一亮，前爪就搭在了宋大臣的腿上。

宋大臣亲昵地揉了揉大呆的脑袋。

李耕晨心里嘀咕着接过手机，说："前两天柯儿还跟我说要托人给我送手机，真是没想到，竟然是你。"

宋大臣笑着说："其实自从上次李芃柯给我打电话问我关于大呆的事儿，我们就加了微信，上个月的时候，我正好去京城出差，要找个公司做产品宣发，发现李芃柯的公司也能做，于是就找了她。"

"哦，这可真是巧。"李耕晨有点惊讶，"业务合作成了就好。"

"是啊，巧啊，新产品的宣发，我已经跟她所在的公司签订合同了。"宋大臣点点头，说："更巧的是，前两天的时候她托我给您带手机，我发现今天正好能到家，您说巧不巧。"

李耕晨突然换了话题，问："之前大呆寄养的那个事，柯儿没知道吧？"

宋大臣说："没，伯伯你放心吧，我和芃柯在北京遇到后，很少提及私事。提到大呆也只是说说它跟莎莎的长相。若不是这次给您送手机，芃柯都不知道咱俩原本就认识呢。哈哈……"

李耕晨这才松了口气："也好，以后万一问起来，也不用假装不认识了。"

宋大臣说:"伯伯,我帮你打开手机,教你怎么用吧。"

宋大臣帮他把手机卡放进去后,就一边给他讲解界面上各个按键的功能,一边打开了那个视频。屏幕里很快就出现了李芄柯的身影。

"阿爸,今天呢我就来给您示范一下给狗狗按摩。这个其实很简单。"芄柯半跪在地上,笑得眉眼弯弯,一只手还搭在了一条雪白雪白的大狗身上。

大呆一听李芄柯的声音,顿时兴奋起来,朝手机看去,"嗯嗯嗯"地又显露出要上来抢的意思。

然而,这一回,它忽然看见李芄柯手边竟然有另一条狗狗,顿时就愣住了。

李芄柯仿佛猜到了大呆的反应一般,笑道:"大呆,你看见柯儿姐手边有只狗狗,是不是吃醋啦?咯咯……大呆,我来给你介绍一下,这是我同事家的小雪。它平时都不怎么来的,今天我是刻意借来给阿爸做示范,所以大呆你不要吃醋哦,柯儿姐最喜欢你啦!么么哒~"

大呆晃着尾巴上来要抢手机。

李耕晨呵斥了大呆一声,它便坐在一边跟他一起看起了视频。

李芄柯说得少做得多。她按着顺序从狗狗的头部开始按,然后到肩部,再到腰椎部,紧接着是后躯,最后再轻轻地把狗狗全身都拍一遍,这个过程,十分钟不到点儿。那只雪白的萨摩耶舒服地眯起了眼睛哼哼。

而宋大臣就在一边跟李耕晨解释一些镜头拍不到的小细节，还顺便拿大呆来做试验。

大呆端坐在屏幕前，一直都有些委屈的哼哼声，只有宋大臣和李耕晨揉揉它的时候，才会消停下来。

李耕晨点了点大呆的耳朵，用嘲笑的口吻说："你柯儿姐在家的时候都给你揉多少回了，这才给人家小雪揉一次，你怎么这么小气？"

手机里放着好几段录好的视频。宋大臣说："李伯，这些都是芃柯给录的视频，您没事的时候可以打开看看，里面有她工作的地方，也有她住的地方。反正红色的这个按钮里，就是柯儿给你录好的视频，如果你要和柯儿视频的话，就点这个绿色的键……"

宋大臣一边说着，一边给李耕晨点开了微信，然后又给他申请了微信号，加上了李芃柯。他一边讲解，一边点开了和李芃柯的视频。

"阿爸，生日快乐！"李芃柯笑眯眯地出现在了镜头里。

李耕晨一愣，这才想起，今天竟然是自己的生日，随即，眼圈就控制不住地有些红了。没想到女儿竟然还记着自己的生日。

李芃柯看着阿爸红了眼圈，就怕自己如果再煽情，阿爸就要哭了起来，便赶紧对大呆说："大呆，柯儿姐不在家，也不能给阿爸庆祝生日，你要好好替柯儿姐给阿爸庆祝啊！"

听李芃柯说这话，李耕晨也就只顾开心起来："大呆，每天都在跟我祝寿呢。"

186　遇见汪星人♡

这一次，一家三口，在视频里聊得十分尽兴。李耕晨一下子觉得身体好了很多。

此时，宋大臣把自己带来的那个大盒子拆开，里面露出一只十分精致的蛋糕来，他点上蜡烛，端着蛋糕走入镜头笑着对视频那头的李芇柯说："小李，给你阿爸唱个生日歌吧。"

"宋老板，谢谢你！"李芇柯说。

宋大臣对着镜头笑："这一个月，你加班加点地也帮了我很多，咱们又是同乡，这也是我该做的！"

李耕晨也是连连说："这怎么好意思。"

大呆大概是闻到了食物的香甜气味，有些高兴地围着宋大臣跳起来，尾巴朝下大幅度地摆动。宋大臣腾出一只手来安抚它："大呆，等你阿爸许了愿，咱们再分蛋糕。"

不得不说，宋大臣对狗狗还真是挺有一手，他摸一下大呆，它就真地安静下来。

视频那头也响起了李芇柯的歌声。

这一天，李耕晨六十五周岁。他唯一的女儿北上，身边原本只有大呆陪伴，孤单让他几乎忘记了自己的生日。可没想到，他所爱着的亲人一直将他放在心上，托人从千里之外带来了祝福。

面对着闪闪的烛光，听着女儿轻灵悦耳的生日祝福，李耕晨含着浑浊的老泪许下了愿望：愿自己爱着的所有，都能永远留在自己的身边。

吹灭了蜡烛，宋大臣帮着李耕晨分蛋糕。宋大臣倒是很细心，给大呆的那一份，还特意剔除了奶油，因为狗狗吃奶油，很容易拉肚子。

李芃柯瞧着家里头热热闹闹的样子，喊道："大呆，快给柯儿姐也来一块儿。"

大呆见李芃柯又在说话，就无比热情地凑向手机，啪嗒啪嗒糊了一屏幕的口水，屏幕顿时花得连人影儿都看不清了。李芃柯也只见一片暗色带红边的不规则纹路。

"大呆，你这家伙又糊镜头！"

宋大臣笑道："原来大呆以前也糊过镜头啊。"

拿起手机准备清理的李耕晨说："上回柯儿的同学来送东西，也视频了一回，大呆不光糊了人家屏幕，还直用爪子扒拉，可把我这老头子吓坏啦，哈哈……"

"阿爸！"李芃柯嗔了一声，"你怎么什么糗事都往外捅啊，小心大呆生你气！"

"大呆现在跟我可好了，根本不会生我的气呢。"李耕晨颇为得意地说。

24

李耕晨到现在才弄明白，原来李芃柯所说的那个训狗高手就是宋大臣，但他为什么说大呆年纪大不太适合跳跃接物呢？它明明在宋大臣家里跳上一人多高的墙，而且还跑一百多公里。

李耕晨便在闲聊中问起了宋大臣。

宋大臣说："从我家逃跑时的表现，那是因为思念主人的动力才有的'超常发挥'，这种现象不能成为它的日常运动状态。大呆看起来似乎是正当壮年，可毕竟它年纪大了，你说它接了两个包子后，宁愿捡掉在地上的，就已经证明哪怕只是跳接食物，它也已经力不从心了。我观察过大呆，它的自尊心其实非常强，您还记得我跟你说过，它在我家第一天不吃东西，逃走的时候却吃光了盆里的食物吗？"

李耕晨一回想，好像是有这么一回事。

"大呆吃光的只是盆里的食物，掉在外面的，一粒都没捡。可见，它是个十分爱干净的狗狗。"宋大臣笃定道，"肉包子的吸引力对它十分大，它能跳接两个就是极限了。可是后面的，它又想吃，又接不着。"

李耕晨联想到大呆最近的训练后，基本是一回家就趴着休息，他觉得宋大臣说的这些话有些道理。

宋大臣见李耕晨一边听一边点头，就继续说："狗狗年纪大了，其实也和人一样，各方面身体机能都会变弱。不过，大呆保养得不错，看起来还是很年轻。可即便是这样，一些高强度的运动，也还是不适合了。它的很多关节，虽然看起来没事，但如果做跳跃接物这种需要全身肌肉和关节一起发力的运动，还是比较容易受伤的。"

李耕晨听完之后就心有余悸，连忙蹲下身去查看大呆的四肢。大呆见主人突然的温柔和担忧，就歪过头去温柔又深情地舔了舔李耕晨。

宋大臣接着道："芃柯的这套按摩操，也有揉关节的，伯伯你学会后，经常给大呆揉一下，它能缓解大呆的关节老化。"

李耕晨点点头说:"一定,我一定。"

这个时候,宋大臣又提议:"其实,大呆的嗅觉这么灵敏,也可以把它作为才艺专门训练一下呀,凭大呆的天赋,它应该有很好的表现。"

李耕晨眼前一亮,顿觉这实在是个很不错的提议。

"那这个要怎么训练呢?"

宋大臣说:"其实这个说起来也不是很难。而且大呆有送拖鞋的基础,那就更是简单了。首先就是不能打不能凶,准备小零食以奖励的方式训练,另外,一定要将你的指令'模组化',我以前训练莎莎的时候常用的就是'这个'和'找出来'这两个口令。口令确定下之后,就不要加减或改换字数。"

宋大臣说着,见李耕晨精神不济,知道他的感冒很重需要休息,便贴心地说:"李伯,我今天也没带啥小零食,要不明儿我再来,带了小零食之后再训给你看吧,这样,你也可以先好好休息休息。"

他们和柯儿结束视频之后,李耕晨就有些撑不住了。

对于宋大臣的热心,他有点不好意思,便强打着精神说:"小宋,今天实在是太谢谢你了。如果你明天要忙的话,就不用来了,我等明儿给你打电话,你告诉我方法就好。"

宋大臣笑着说:"我出了一个月长差,也正好给自己放了个两三天的小长假,明儿空得很呢!这个啊,光听还是没有现学的效果好。伯伯,您今天好好休息,我明天再来看您。"

李耕晨送到门口，想了想又拉着宋大臣说："小宋啊，这小零食你跟我说要用啥，我去买吧，不能总让你破费。"

"伯伯，这算什么呀，芃柯她忙了一个多月，帮我省了不少钱呢！这都是我应该做的，您就当是我在还芃柯的人情吧。"宋大臣笑道。

李耕晨觉得宋大臣真是个热情而又乐善好施的好人。

第二日，宋大臣果然如约而来，还给李耕晨带来了一些疗效挺好的感冒药，见他精神还很不济，便说："伯伯，正好我早上临时有事儿，您就先吃了药好好睡一觉吧，等下午的时候，身上松快了，我再来找您。这感冒药一次一片，一天两次。"

李耕晨看着宋大臣递过来的写满外文的药瓶，下意识觉得这是个金贵东西，不大愿意接。可宋大臣却依然拿李芃柯说事儿，说要是芃柯知道李耕晨生病，肯定也不安心，这也算是还人情啊！

宋大臣这口才素来不错，很快就让老人家心安理得地接受了自己的馈赠和热情。不过，临走的时候，宋大臣忽然看大呆有些焦虑地来回走动，甚至来回转圈圈，时不时地哼两声，门打开的时候，它有些期待地看看外面，又有些担心地看李耕晨。宋大臣就觉得有些奇怪。

"伯伯，大呆它怎么了？是不是不舒服啊？"

李耕晨看了一眼大呆，说："我昨天身子实在是不舒服，就没带它出去放风，一直憋到现在，大概是急了，唉……我歇一会儿就带它下去。"

宋大臣说:"伯伯,您快吃药休息吧,我替您遛大呆,一会儿再给送回来。"

"你不是要去公司有事吗?"

"也不急着这半小时一小时的。"宋大臣说着,就朝大呆招手,"大呆,来,我带你去遛弯儿。"

大呆没理他,气氛多少有些尴尬。

李耕晨轻轻地扭动一下身子,还是觉得这上下楼梯一趟,身子骨会吃不消,也就只好答应宋大臣带大呆去。

李耕晨有些感激地看了宋大臣一眼,然后对大呆做了个往外走的手势,说:"大呆啊,你就跟小宋哥哥去吧,阿爸在家等你。"

大呆看了李耕晨一会儿,微晃着尾巴跟宋大臣朝门外走去。

宋大臣笑着揉了揉大呆的头:"真是个好孩子!"

大呆忽然跟宋大臣这般亲昵起来,让李耕晨有些意外和纳闷。

李耕晨想来想去,想到大呆灵敏的鼻子,最大可能是宋大臣和芃柯在京城的相处,身上多少带了些大呆所熟悉的气息。

李耕晨吃了宋大臣带来的药后就开始犯困,本想倒回床上,又怕宋大臣到时候送大呆回来,衣冠不整太失礼,于是就拿了小毯子,靠在沙发上小憩。

他是被大呆略带湿意的鼻子拱醒的,耳边还响着大呆撒娇一般的哼哼声。

李耕晨醒来之后，大呆的嘴就接着往他手心拱。

"大呆，你干啥呢？"李耕晨睡得迷迷糊糊的，被大呆闹醒，差点以为自己又犯了那呼吸暂停综合征。

这个时候，他忽然觉得被大呆拱的右手中多了一个湿乎乎的硬东西，茫茫然地拿起来一看，发现竟然是个银色的指环。

"这……这是什么？"李耕晨有些惊讶地看着大呆，而大呆快乐地摇晃着尾巴，咧着嘴深情地望着他。

送大呆回来的宋大臣有些无奈地笑道："是这么回事……"

李耕晨见他似乎知道真相，就问："这是怎么了？"

"大呆遛弯的时候，捡到了东西，但是不管我怎么哄都不肯给我看，并且急着回来。"宋大臣一边解释，一边晃了晃手中的一个小袋子，笑道："看，牛肉干都没哄开它的嘴呢。它非要把这戒指衔回来送给您。"

李耕晨看了看自己手心的戒指，又看了看大呆，内心是又感动又欣慰："真是没白养啊，都知道给阿爸送礼物啦！"

不过，李耕晨觉得，这东西看着挺好看的，说不定是银的或者白金的，自己也不好留着，就打算弄个失物招领。

宋大臣却说："伯伯，这东西应该既不是银的，也不是白金的。我曾在饰品店里见到过，并不是贵重物，看在大呆这么认真地要送给您的分上，您就留着做个纪念吧！"

李耕晨觉得不是值钱的东西，也就想把它洗干净了好好地收藏起来。因为这可是大呆送他的第一份礼物呢。

25

等到下午的时候,李耕晨的精神头果然恢复了不少,宋大臣也如约而来"上课"了。

"伯伯,大呆有基础,所以咱们可以跳过最初需要大呆适应的部分,直接进入找东西的训练。"宋大臣这么说着,就把一堆小道具拿出来放在地上,而后又把一包大呆吃的小零食递给李耕晨,"这是奖励用的小零食。昨儿下楼之后,我就让大呆试了试,发现它最喜欢吃这种小肉干。"

李耕晨看着手里这个小小的袋子,有点儿心疼地说:"这个……很贵吧?"这要是吃完了,大呆闹着要可怎么办?

"不贵,而且我买了些,我家也没有狗狗,够大呆吃好久。在我车的后备箱里,等会儿我下去给您送上来。"宋大臣笑着说。

李耕晨挺不好意思的,但宋大臣的热情又让他没法拒绝。

在宋大臣的指导下,李耕晨开始训练起大呆来。

李耕晨拿了一个玩具放在大呆的鼻子下,让它闻,对它说:"这个。"然后又将玩具放回了那玩具堆里,"找出来。"

这对大呆来说简直太轻松不过了,它一低头就精确地找到了那个玩具。

李耕晨在宋大臣的授意下,给了大呆一块肉干作为奖励。

宋大臣不由得夸奖:"大呆看起来简直训练有素。"

李耕晨说:"其实,原先芃柯也训过大呆,大概也是这样给奖励的训练法子。只是我老头子不开窍,什么都不懂。"

大呆开心地摇着尾巴,模样看起来神气极了。

紧接着,宋大臣就提出要给大呆增加难度。让大呆找的东西,在它的视线里稍远的位置。

大呆无比自信地晃着尾巴过去,轻而易举地就取得了成功。李耕晨又给了它两块肉干。

大呆舌头一卷,就将李耕晨手心里的肉干卷走了,吃得格外有滋味。

宋大臣见李耕晨已经上手,便又给大呆一点点地增加难度。比如,换个别的东西,藏得再隐秘些,让大呆明白,要它找的东西也不是一成不变的,只有下过命令的东西才是正确的,而且只有找对了,才会给奖励。

这个理解起来也不算太难,李耕晨很快就记下了。

傍晚的时候,李耕晨打算留宋大臣一起吃饭,宋大臣却只是心领了好意,并没有留下来。临走的时候,他叮嘱李耕晨:"伯伯,您可千万记得,口令不要换哦。"

说到口令,李耕晨忽然就想起之前找钱包之后,他希望大呆能找到拿走照片的人。便问道:"找东西这事儿,大呆大概是颇有天赋的。但是,有没有可能通过失物找到招领的失主呢?"

宋大臣摸了摸并没有胡子的下巴:"这个……应该也行。不过,这种比较复杂一些,只有警犬会这么训练,道理也是一样的,您只要固定指令,完成之后给奖励和鼓励,理论上来说是可以的。"

李耕晨满意地点了点头："小宋，真是太谢谢你了！"
　　"不客气，伯伯您要是还有什么不明白的，欢迎给我打电话！"宋大臣扬了扬手机，笑着补充道："关于大呆的，或者是关于怎么使用手机的，都可以问我。"
　　"好！好！"李耕晨坚持要送宋大臣下楼。
　　大呆也跟了出来，朝着宋大臣矜持又感激地晃了晃尾巴，十分友善地朝他"汪"了两声。
　　宋大臣轻轻摸了一下大呆的头："再见，小大呆！快带你阿爸回屋吧，不用送啦！"
　　宋大臣见这爷儿俩都送下来了。就和李耕晨开玩笑道："李伯，我瞧着大呆大概是原谅我当初关它的事儿了。哈哈哈……"
　　李耕晨神色温柔地看着跟在他身边的大呆，说："大呆啊，就这点好。它永远都不记仇。"
　　到了楼下，宋大臣也是有心要逗不记仇的大呆，打开了车门就朝大呆道："大呆，哥哥家里有很多好吃的，要不你跟我回去吧？"
　　大呆一下子躲到了李耕晨的身后去，才露出个脑袋来疑惑地偷窥着宋大臣。
　　宋大臣和李耕晨见大呆紧张不安的模样，不约而同地笑了起来。李耕晨蹲下身来搂着大呆的脖子道："大呆，阿爸再也不会送走你了，你永远留在阿爸的身边。"
　　大呆高兴地舔了舔李耕晨的掌心。
　　从此之后，李耕晨与大呆训练的默契度直线上升。只有近两周的时间，大呆已经能找到李耕晨指定的任何东西。哪怕李耕晨藏在大衣柜的最上面，大呆够不着，它也能朝着衣柜汪汪大叫，示意东西所藏的位置。

大概是因为同一家人的原因，当李耕晨将自己和芇柯的东西放在一起时，大呆便分不清谁是谁的了。要想训练大呆不同凡响的本事，就要在人多的地方练习物体辨认的本事，再也不能在小区里藏着掖着了。

这小区里，为了那选美大赛，也有不少人在训练狗狗，他和大呆去练，也不算太突兀。李耕晨也跟女儿说了自己的想法，李芇柯乐不可支，调侃说："阿爸，你和大呆是要直接奔大奖去了。"

李耕晨笑道："做了就要做最好，不过这个大奖得不得，阿爸真是无所谓的。阿爸就是想让人知道，咱家大呆有多好！"

李芇柯深深觉得，大呆真是改变了阿爸许多。眼前这有趣儿的阿爸，哪里还是当年那个邻居嘴中沉默寡言难相处的老头儿呢。

李芇柯十分认可阿爸和大呆的参赛计划。对她而言，只要阿爸和大呆开开心心的，她就能全心全意地去工作，为阿爸和大呆的未来创造更好的物质生活。

第二天，李耕晨就带了大呆来到了小区广场，正在遛狗的老头老太太见了大呆就议论起来了。

"哟，这是谁家养的新狗狗啊，长得可真是帅气！"

"毛发修剪得也是很不错，好看极了！"

李耕晨有些得意地说:"这是我们家大呆,就是那只每天晚上叫醒我很多次的大呆!"

上次见过大呆的好几条母狗,看见帅气的大呆终于出现,纷纷围了上来。后知后觉的公狗们开始把目光对准大呆。

狗狗们在小区里这么久,都有各自气味相投的"朋友",大呆的忽然出现,显然打破了这种平衡。这种似曾相识的戏码,不知是狗类从人类复制而来,还是人类受到狗类的影响,反正分不出谁比谁高明。

李耕晨忙着和周围认识的人寒暄。他刚和老张商量好了,一会儿拿他的手帕和自己的手绢给大呆做道具,让大呆分辨一下。

李耕晨转头正准备招呼大呆。

一头长相威猛的大黑拦住了一条母狗,并调转头朝着大呆龇牙咧嘴,敌意满满,而其他的公狗也摆出了同样的架势来,眼看一场杀气腾腾的战斗一触即发,母狗们见状四散走开。

大呆被围在了中间,它伸出舌头左右哒啦了一下嘴唇,稳稳站住,没有丝毫的惧色。

大黑嘴里发出了凶狠的声音,其他公狗们也跟着耍起横来。

大呆似乎看出大黑就是领头的,它回头看了一眼李耕晨,径直朝大黑走了过去,嘴里并没有发出声响,只是瞪着火炬一样的目光。

大黑往后退了一步,其他公狗也退了一下。

尽管大呆气势惊人，可李耕晨看着那明显比大呆大出一圈儿的大黑，这心就悬得高高的。他的大呆，从小到大都是那副善良温和的样子，根本就没打过架。可那大黑，瞧那一身腱子肉，还有前腿上的疤，一看就是知道没少惹过事的主。

"大呆！"李耕晨叫了一声，大呆便停住了脚步。

其他狗狗的主人，也各自叫了它们的名字，一场危机就这样被解除了。

等大呆甩着舌头到了李耕晨跟前，他就蹲下身来小声教育道："大呆啊，咱们是靠聪明脑袋混生活的，不跟它们那些四肢发达头脑简单的家伙一般见识，明白吗？"

大呆略歪着头斜着眼看李耕晨，这是它挨训时候才会有的眼神。李耕晨顿时觉得这家伙是误会自己在骂它了。

"我不是在骂你。"李耕晨揉了揉它的脑袋，"咱们要注意气质，知道吗？"

老张在一边看得失笑出声："老李啊，狗都这样的。抢地盘，抢风头，画圈子，你和它说这些没用，而且，它也听不懂啊！"

"我家大呆能听懂。它啊，除了不会说话，其实都跟小孩一样。什么都懂！"李耕晨笃定道。

老张乐了："好好好，你家大呆是狗中诸葛行了吧。来，让你家宝诸葛赶紧开练吧！"

李耕晨这才想起正事儿来。然后从口袋里拿出了老张的手帕，让大呆闻了闻。道："这个，谁的？"

他的语气比较夸张，然后眼神从周围的人身上扫了一圈,示意大呆在这些人里面找。

大呆一脸的懵样,只是嗅了嗅李耕晨手中的手帕。在李耕晨连说了几次"谁的"之后,它方才明白,这是要找那手帕的主人。

大呆翕动鼻翼,挨个儿闻闻广场上的人。有些不知情的,发现金灿灿的漂亮大呆来到他们脚边,就都纷纷抬手摸摸它。大呆见状很快就从他们脚边走开了。它打着圈儿转,这圈儿也一直都是小范围的,没多久,它就停在了老张的脚边,回头看了李耕晨一眼:"汪!"

李耕晨背着手,笑嘻嘻地问:"确定了?"

大呆歪着脑袋想了会儿,然后又绕着老张嗅着走了一圈,十分笃定地蹲在了老张身边。朝着李耕晨:"汪!"

李耕晨高兴地宣布:"答对了!"然后从手中的零食袋里拿出了小肉干来奖励大呆,并摸着它的头,好好地夸了一番。

大呆十分愉悦地摇晃着尾巴,舔着主人还沾有食物味道的掌心。

老张也被大呆的神奇劲儿惊呆了,他嚷嚷起来:"这可真是神了!不过,我觉着这难度还不够,狗鼻子灵敏那都是正常的,要是人再多点儿,难度再高点儿,那就厉害了!"

经老张这么一嚷嚷,很多人都围了过来。

他们有人是觉得好奇,有人是觉得大呆这么大年纪的狗狗,鼻子不可能真的有多灵敏,想亲自试验一下。

"来,谁来给我一个道具,就是你身上的物件。"李耕晨让大呆的头转向另一个方向。

"我给。"一个刚好路过的四十开外的中年男人说。

李耕晨拍了拍大呆的屁股，让它坐着别动。

那男人趁李耕晨低头时，偷偷伸手从旁边的一位光头老人手里要了一串钥匙，递给李耕晨："我就不相信你这狗这么玄乎。"

李耕晨把这串钥匙放在大呆的鼻子底下，它呼呼拉拉地搞了一会，便开始绕着大家转，一遍，两遍过去了，圈子越来越小。

中年男人的脸上露了讥笑："你看，没辙了吧。"

李耕晨朝他摆了摆手："别作声。"

"没事。我作声，它也不会知道的。这样的狗可能吗，根本没戏。"中年男人故意大声了些，"警犬也不过如此呢。"

中年男人正说着，大呆在它缩小的圈子里，来到了他的身边。

李耕晨开始露出了笑容，心想：这下可给藐视它的人一个下马威了。

中年男人大笑起来："哈哈哈，这只蠢狗。"

大呆看了看中年男人，在他身上嗅着。

中年男人夸张地晃动着身子大声说："你闻啦，你闻啦。"

大呆转身又在旁边的一位光头老人的身上闻着。

李耕晨捏了捏手："哎呀！"

大呆又回过头来，闻了中年人一下。

李耕晨随着大呆的反反复复，心脏也剧烈地起伏着。

大呆最后坐在光头老人身边时，李耕晨摇摇头，又长长地叹了一口气。

中年男人嚷嚷的声音顿时停了下来。

光头老人伸出大拇指,笑笑说:"这狗真神了,不错不错。"

光头老人说着从李耕晨的手里取回了钥匙。

李耕晨这才恍然大悟,他上去亲了一下大呆的嘴,给它奖励了比平时更多的肉干。

中年男人干笑着:"呵呵,真是条好狗,老李你训得不错,我看啊,这宠物嘉年华上,你们要拿奖也不难了。比起老王家的斑哥来,一点都不逊色。"

如果按着李耕晨以前的脾气,被人这般耍弄了,差点让大呆下不了台,他非得和人家大吵一架不可。不过,现在他看看小区的人都在夸奖大呆,心里也就不计较了。他回了那中年男人一句:"谢谢你,那就借你吉言了。"

大呆不懂得人类的丑陋和邪恶,它只觉得主人高兴它就高兴,主人失落它就不开心。现在主人喜形于色,它就无比得意地晃动着尾巴。

有时候,李耕晨也会羡慕大呆的简单,简单到整个汪星人的一生只负责安慰人类的快乐和钟爱。

李耕晨试想,如果没有大呆,他的这一生,即便会因为女儿而快乐,却远远没有大呆给予的乐趣和慰藉来得这么触手可及。诚如此刻,小区的狗友们投向他的羡慕的目光。

26

　　李耕晨带着大呆出来训练，不得不说是非常明智的决定。

　　大呆第一天那神奇的表现，已经让大家刮目相看，之后的日子，李耕晨心思一转，就答应大家变着法儿为难大呆。

　　一段时间，在狗友们的刁难中，大呆的技艺突飞猛进。现在，它不仅能依据实物找到主人，还能把转手多人的东西根据气味的浓淡探寻到物主，也能在广场范围内，寻找到隐藏很深的物品。

　　大呆的这些表现，羡煞了开明小区的狗友们，有的主人也尝试着训练自己的聪明的狗狗，想与大呆一比高低。但想尽一切办法挖掘它们的潜能，最终的训练成果也只是会找找诸如牛肉干之类好吃的东西，稍微换个物品或者藏得深一点，马大哈的狗狗们完全不顾主人的感觉，找到一半就跑去和别的狗狗们疯玩去了。

　　狗狗们的拙劣表现，活生生地把大呆衬托成了小区里的狗明星。可喜不自禁的李耕晨，把目光投射到施展大呆不凡身手的更大舞台。

　　不日，宠物嘉年华就开始了。

　　汪星人名模大赛的场地，竟然就定在了开明小区不远处的凤凰山庄里。

　　头一日，李耕晨就带着大呆到金晶的店里做了个美容。毕竟，这选美大赛的第一关，那就是靠颜值说话的。

　　大呆底子好，这一收拾，一打扮，上台不过是魅惑地晃

204　遇见汪星人

了一圈，就顺利地过了第一关，骄傲地杀进了复赛。

"海选"的评委给大呆亮高分的时候，台下爆发出一片欢呼和掌声，那都是最近大呆在开明小区训练的时候，大呆圈的粉丝。

李耕晨从未感受过如此受人瞩目的场景，他似乎能听到自己的心脏嘣哒嘣哒的跳动声，可他一看到大呆那泰然自若，高昂着脑袋的神气样儿，他那心就不由自主地平静了下来。

李耕晨觉得大呆既然能凭颜值高气质好从复赛脱颖而出，那凭它的一身功夫杀入半决赛也应当是毫无悬念的事情。

半决赛中，大呆被分入到"寻物二组"。

可这一组里，还有几只退役的警犬，往台上一站那气势也是十分唬人，李耕晨的心里犯起了嘀咕，人家毕竟是受过专业训练经过实践检验的，挑战这样的强敌，大呆取胜的把握成了一个大大的问号。

大呆站在主席台上，听着主持人对参赛选手的介绍。它瞥了一眼旁边的"正规军"，又放眼台下的"大呆粉丝群"，一副神定气闲的样子。站在旁边的李耕晨抚摸了一下大呆的头，它晃了一下尾巴，换了人样的姿势坐在了主人的前面。

比赛的内容是"以物找人"，这下正中李耕晨下怀，这是大呆第一次在小区显露身手时，就有超常表现的科目，何况还进行了一段时间的强化训练。

大呆在退役警犬的挑战中，依然表现不俗。

寻物组二十四只狗狗，大呆以小组第三全组第五的好成绩，成功地拿到了决赛的通关证。

事实上，大呆可以取得更好的名次。但在比赛过程中，它似乎被同组的一只贵宾犬深深打动了，一有空就跑去人家身上东嗅一下西嗅一下的。李耕晨再三叫它，它才回过神来继续比赛。这给大呆自己寻找目标物的时间耽误了不少，比起两只训练有素的退役警犬来，慢了足足三十多秒。

爱己所爱的异性，是整个动物界通行的法则，自恃高级的人类也无法置之度外。因此，李耕晨没有丝毫责怪大呆的意思。再说，它打败了那么多的高手，已经足够让李耕晨惊讶和骄傲的了。

比赛一下来，李耕晨就拿掉了大呆脖子上的牵引绳，让它自由活动一会儿。

松开绳子的大呆，在擂台底下发疯似的来回跑了两次，然后跃上擂台向四周扫视了一下，又跳下飞奔而去。

"大呆，回来！"李耕晨一头雾水地撵了上去。

大呆的耳边呼呼风响，侧头看了一眼跟上来的主人，脚步一点也没有慢下来。

现场的观众纷纷议论起来。

"这狗疯了么？"

"刚才在台上还跟个绅士似的，现在是怎么了？"

"八成是跟范进中举一样，刚才拿到决赛权，兴奋过度，变疯了。"

"你才疯了呢！"从那观众身边跑过的李耕晨，听到有人说大呆疯了，便毫不客气地回了一句。

大呆穿过人群，径直跑进了休息区。

李耕晨气喘吁吁地跟了进来，一眼就看见大呆正在"贵宾小姐"的身上闻来闻去。

"哈哈，你这死鬼！"李耕晨脸上绽开了花，站在不远处看着毫无羞色的大呆。

李耕晨知道，大呆这家伙，大概是一见钟情了。

李耕晨心想：这么多年，也没见过大呆对哪只狗狗真正动情过，在李家度过了最美好的年华，往后找个中意媳妇的机会越来越少了。既然这老小子动了心思，当阿爸的也该是时候满足它的这个愿望了。

"小伙子，你看它俩很般配的。"李耕晨上前搭讪正在专心打游戏的小伙儿。

"什么般不般配的？"小伙儿抬头看了李耕晨一眼，依然低下头去点击着手机屏幕。

"我说的是你家的'贵宾小姐'和我家的大呆挺般配的。"李耕晨说。

小伙儿这才停了手机上的游戏，站了起来看了看正玩得欢的大呆和"贵宾小姐"："哦，是啊，俺这小姐很久没有遇到这么气味相投的狗狗了。"

"那就好，那就好。这也是缘分啊，要不，就让这俩处对象吧？"李耕晨乐开了花。

"不不不，这个我做不了主。大伯！"小伙儿连连摆手。

"为啥？这还要回去开家庭会议么？"李耕晨半是疑惑半是打趣地说。

小伙儿挠挠头说:"那倒不是。我是吉米训练师,它的主人正好有事儿没来,这种相亲的大事,我是做不了主的。"

"哦,这样啊。"李耕晨声音低到似是喃喃自语。

小伙儿看出了李耕晨的失落,便安慰道:"大伯,凭我的经验看,你家狗狗和我们的吉米确实般配。这样吧,我们吉米也进决赛了,明天它主人肯定会来。要不你明儿再来问问罗姐吧。大呆这么帅气又有本事,没准儿罗姐也乐意它俩成亲呢。"

李耕晨一听,也是挺高兴的:"谢谢你啊!年轻人。你也跟吉米的主人多说说好话。"

"那是肯定的。"小伙儿爽快地说。

这天的比赛项目已经结束。

李耕晨和小伙儿好不容易才把大呆和吉米分开。

"好孩子,咱也不急这一时半会儿的,等明儿吉米的'家长'来了,阿爸再去给你求亲哈!你长得这么帅又有一身的本事,一定能成的。"李耕晨边说边往回走。

李耕晨和大呆没走几步,就被现场的媒体拦住了。

大呆不得不说是今日"寻物组"赛场上的一匹黑马。现场的观众一开始就猜测,这"寻物组"二十多只狗狗,有近一半是退役的警犬,除此之外的狗狗入选的机会是十分渺茫的,然而大呆的成绩竟然好到完全出了他们的意料。

李耕晨最终接受了一家报纸的采访,他们问他是如何训练大呆的,又问大呆是不是曾接受过什么专业的训练。

李耕晨虽然紧张,但也很认真地说了自己的训练过程,但末尾的时候，他看了看大呆，"其实，大呆能取得这样的成绩，大呆的天分才是关键，再聪明的主人也无法训练好一只蠢狗，我家的大呆是一只特别聪明的狗狗，之前还……"

李耕晨正想把大呆"半夜捣蛋"的光荣事迹好好地陈述一番，让更多的读者知道大呆是一只非凡的狗狗。可记者不等李耕晨说完，就礼貌地告辞了。这位记者觉得，所有参赛的狗狗都不会是蠢狗，关于狗狗聪明的话题构不成新闻价值。

李耕晨满肚子夸耀大呆的话被憋了回去，心情虽然受了点影响，但他也不计较，心想：明天决赛后，还有"最感人的一件事"环节，肯定还会有很多媒体采访，这不愁没机会说大呆的事儿。

回家的路上，李耕晨得到了很多人的道贺。尽管嘴上淡淡地说着"还没决赛呢"，但心里却像喝了蜜一样甜滋滋的。大呆更是一路都神清气爽，情绪亢奋。这兴奋除了比赛晋级带来的外，是不是还有偶遇吉米的成分在里面，只有大呆它自己心里最清楚。

李耕晨最想要分享这份喜悦的人，当然是远在千里之外的女儿李芃柯。

李耕晨到家后就给李芃柯拨了视频过去。

李芃柯也知道这天是大呆参加选美大赛的日子，她下班后，就早早就守候着家里传来的讯息。见阿爸打来，就迫不及待地接了起来。

李耕晨眉飞色舞地向女儿介绍了大呆今日在大赛上的精彩表现，还添油加醋地描述了大呆英雄难过美人关的艳事。

"你是不知道哇,咱大呆一瞧见那小贵宾,两眼都直了,噌噌噌地往人家那边撵去。要不是你阿爸用'不要它'来作为威胁,这小子铁定抛下我这老头,跟人家私奔了。"说完,李耕晨还回头点了点大呆的鼻子,说:"阿爸跟你讲,明儿可不能这样啦,拿了名次,阿爸才能去给你提亲,知道吗?阿爸替你想着这事呢。"

李芃柯笑得差点儿岔了气:"阿爸,你其实就是想过把做媒人的瘾吧!"

李耕晨心情不错地调侃道:"我倒是更想过一把做岳父的瘾啊。"

"阿爸~~"芃柯那头红了脸,"哪有你这么急着让女儿嫁出去的!"

李耕晨心想:你若真是嫁了小赵,那不是早早地就能回楚江了,回楚江阿爸不就能经常见你了嘛。

李耕晨知道,这样影响事业和前途的话是不能在女儿面前说的,柯儿正在卖力工作呢,我可不能这么自私扯后腿呢。

"嘿,这世上哪有不希望女儿快点找到幸福的阿爸呢。"

"我现在也很幸福啊。"李芃柯笃定道,顿了顿,她忽然换了一副很郑重的语气说,"阿爸,我也有件喜事要告诉你呢。"

"咋?不会是跟小赵确定关系了吧?"李耕晨问。

"阿爸!"李芃柯哭笑不得,"不是你想的那样啦,我说的这件事是跟我的工作有关的。"

"哦?升职啦?"李耕晨眼睛一亮。

李芃柯说："比这个更好的。"

"比升职更好的？"李耕晨心中一寻思，"难道你公司要来楚江开分公司，你要回来啦？！"

"额……"听到这个问题，视频里的小姑娘迟疑了。

李耕晨观察着女儿的神色，心中渐渐地有了不好的预感。他不由得加重了语气："到底是什么，你倒是直说啊，这东猜西猜的，阿爸怎么猜得到！"

李芃柯深吸了一口气，然后说："阿爸，我被公司选中，作为中澳文化交流团的一员，代表公司随访外交团去澳大利亚交流学习呢，要一年的时间……"

之后李芃柯说了些什么，李耕晨完全都没有听见，他只觉得自己耳朵里嗡嗡嗡的。

直到视频那头的李芃柯发现父亲的神色不太对，有些发慌地问："阿爸，阿爸你怎么了？你在听我说吗？"

李耕晨没有反应，李芃柯急了，就喊了一声："大呆大呆大呆，快看看阿爸。"

原本趴在李耕晨脚边休息的大呆，听到柯儿姐喊自己的名字，"噌"的一声站起来，歪着脑袋看屏幕里的柯儿姐，而后又转头去看看发愣的李耕晨，接着，它低下头来十分亲昵地靠了过去，将自己的脑袋枕在李耕晨的膝盖上。

李芃柯心里清楚，阿爸是受不了女儿越来越远的这种感觉。

"阿爸，我保证，就这一年，一年之后我就回国就回家。"李芃柯红着眼眶向李耕晨保证。

好半晌，李耕晨才叹了一声："这是什么时候决定的事情？"

李芃柯有些愧疚地说："其实前两日确切的名单就下来了。我……我怕阿爸你不同意，或者不高兴，会影响大呆的训练和比赛。"

李耕晨眼圈有些红："这么大个事儿……这么大个事儿你竟敢瞒着阿爸！柯儿，你真是翅膀硬了，硬了啊！"

李芃柯闻言，顿时眼泪就下来了："阿爸，我不是故意要瞒着你的呀。我小时候要学舞蹈您不答应，后来要上北京您也不答应，我怕……"

"芃柯！"李耕晨怒喝道："你小时候要学舞蹈，最后你学了没？！你要上北京，你现在人在哪里？！这么大的事情，你竟然连一个提前的招呼都不跟阿爸打一个，你心里头是不是觉得阿爸是你的绊脚石？"

"阿爸……"芃柯哭起来，"不是这样的，阿爸，这事没跟你说是我不对，但我真的不是那么想的。阿爸你要相信我呀……"

"行了，你也别说这么多了。"李耕晨气呼呼地一把抄起了手机，"你爱怎么样就怎么样吧，你以后的什么事都不要跟我说了！"

说完，李耕晨不顾李芃柯的号啕，直接挂断了视频。

李耕晨挂完后就丢下了手机整个人倒在了沙发上，他用手捂着眼睛，心中一阵酸过一阵。

这都什么事啊！他这辈子真是太失败了，最终竟然被女儿当作了她前进路上的绊脚石,离自己越来越远,远到了世界的另一个角落。

李耕晨越想越觉得凄凉,竟然忍不住哽咽起来。

大呆呆呆地看了主人一会儿,而后又跳上沙发,扑进李耕晨怀中,舔着蹭着。

李耕晨索性就抱住了大呆。

大呆整个身子都是暖暖的,心跳比人类更快一些,喉咙里还发出咕噜咕噜的声音。直到这一刻,李耕晨那觉得被捅了一刀的心脏,才稍微好受一些。

半个多小时后,李耕晨的情绪勉强缓过来一点。他开始反思自己,柯儿是他的女儿,她是什么样的人,他心中再清楚不过。

乖巧懂事的女儿,怎么可能当自己阿爸是绊脚石呢……

可是,一想到女儿要远离自己,飞越大洋,他又难过起来。

大呆趴在李耕晨的怀中,两只前爪搭在他双肩,整只狗都以一个拥抱的形式牢牢地霸在他怀中。

沙发上的电话又响了。

李耕晨一看是女儿,稳了稳神,就接了起来。"柯儿,这事儿没回旋余地了吗?"

李芃柯大概也是大哭了一场,声音有些沙哑:"对不起,阿爸!可是,这个机会是我削尖了脑壳才争取来的,护照已经在办,签证也很快就能拿到了。我,我年轻……我想去呀!国外待一年,我能学到很多东西……"

李耕晨听着女儿沙哑的声音，还有哀求的语气，心中又开始心疼起来，默了半晌，才问道："国外镀金是好事，但是，阿爸只有一个要求，绝对不能嫁给外国人，也绝对不能留在国外。要知道，中国才是你的根，你要是像王老头家的儿子那样，一去不回，你也不用回来说什么接阿爸去享福了。到时候，阿爸就没你这个女儿了。"

　　这话再明显不过，李耕晨妥协了。

　　李芃柯连忙跟李耕晨保证："我不会嫁到外国的，前天我还跟同事们在讨论有部叫《战狼Ⅱ》的电影，就觉得做一个中国人真自豪。阿爸你放心吧，我肯定不会留在那里的。这个文化交流项目也就一年，一年结束了，还得回来做报告呢！您放心吧。"

　　李耕晨觉得心里空荡荡的，又是叹息了一声："就是咱家这条件……算了，这些你别考虑，你需要多少？"

　　李芃柯在那头，没想到阿爸竟然还为她考虑到了这些，真是疼女莫如父啊，顿时泪眼婆娑，一肚子的解释，都哽在了喉头。

　　李耕晨知道，出国可是一笔不菲的费用，王老头就说过，他儿子在国外读书那两年，那钱就跟拧不紧的自来水龙头似的哗哗往外淌，老王家还有些家底，可算是撑住了。可他李家……

　　李耕晨有些犯难地揉了揉眉心，又打量了一下这个居住了近十年的房子。

　　李耕晨红着眼，揉了揉大呆的脑袋，心想，只要有大呆在，住哪里不是住呢？

"好啦，傻姑娘，哭什么。以后你回来，就是海归了！"李耕晨反而安慰起了哭泣的女儿来，"你也长大了，自己决定自己的人生道路，那也是应该的，不要难过啦……"

"阿爸，谢谢你。"李芃柯断断续续地说。

"说什么傻话！"李耕晨佯装生气，"阿爸就你这么一个女儿，你有出息代表公司出国，阿爸也高兴。就是不知道你什么时候走？给个日子，阿爸抓紧给你凑钱。"说到这，又有些怪罪道，"你看看，早点说多好，这么猝不及防的，阿爸这头得忙成什么样！"

"阿爸，不要钱的。"李芃柯终于解释，"我这次是代表公司去的，一切开销都由公司负责。"

"那自己也得有两个吃饭钱啊！"李耕晨不赞成道。

"我自己有存。阿爸，你就放心吧。"

说是这么说，可第二天，李耕晨还是取出了自己省吃俭用剩下的最后五千块的积蓄来，全部都打给了芃柯。他暗暗地叹了口气：现在的父母呀，等儿女回来就像在车站等一艘船。

给芃柯打完钱，李耕晨就带着大呆上赛场，路上，他絮絮叨叨地对大呆讲："你柯儿姐啊，在外头不容易。有道是穷家富路，咱爷儿俩，在家里头，就多多担待些。"

大呆见一路絮絮叨叨的李耕晨，偶尔停下脚步，扬起头来看看。

李耕晨对它说："以后啥肉包子啊、碎骨头啊，咱就最多一月一次，好不好？"

　　李家大呆代表队顺着人流就走到了凤凰山庄的比赛场地附近。

　　李耕晨虽然对李芃柯妥协了，可情绪上低落却还若隐若现着，再加上昨夜也未曾睡好，显得有些精神头不济。有人跟他打招呼，他也只是简单地点了点头而已。

　　李耕晨带着大呆打算先去休息室歇一会儿，等到快上场时再出来。

　　可刚到休息区的门口，大呆就如一支离弦的箭朝一个方向奔去……

第七章
艳遇惹的祸

27

李耕晨定睛一看,发现大呆冲去的方向,正是"贵宾小姐"。

"贵宾小姐"蹲坐在那里,正矜持地扫视着今天参赛的选手们。李耕晨心想,没准它是在寻找大呆呢,这"有情人"还相互牵挂着呢。

对飞奔而来的大呆,"贵宾小姐"并没有察觉。

"贵宾小姐"的旁边站着一个穿着花色衬衫加黑色裙子的女人,她头发挽得高高的,看上去三十多岁的样子,长着一

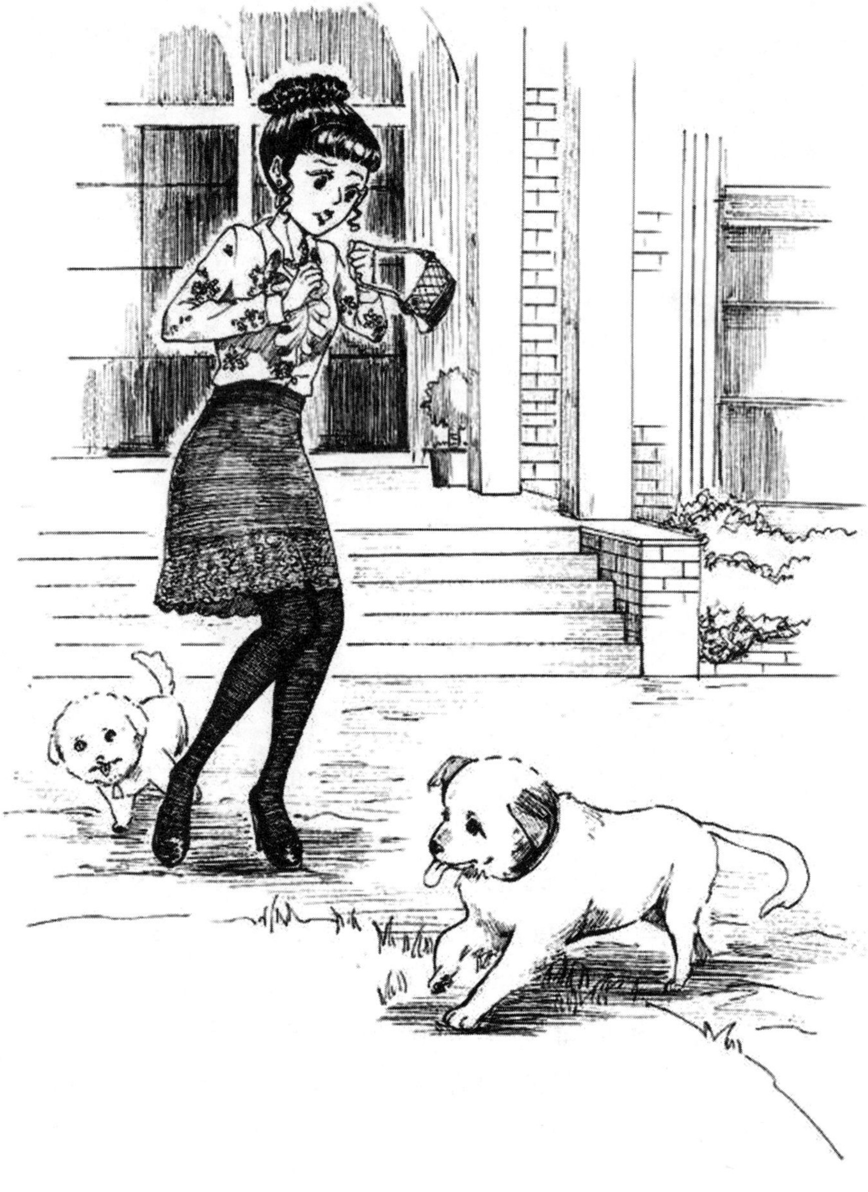

副好看的瓜子脸，但活生生地被厚厚的脂粉所破坏。

李耕晨觉得这瓜子脸女人有些眼熟，可一时半会儿又想不起来到底在哪里见过。

突然刹停在脚边的大呆，吓了那瓜子脸女人一跳。她尖叫了一声："要死啊"。她惊魂未定地拍了拍胸脯，挑高了她那弯弯的眉毛，嫌弃又鄙薄地骂道："哦哟，这是谁家的杂种狗啦！这么冷不丁地就冲过来，真是吓死个活人了！"

"贵宾小姐"见大呆从一侧突然出现，起身摇着尾巴表现出欢迎的姿态。

可那瓜子脸女人却抱起它，后退了几步。

大呆也跟了过去，望着"贵宾小姐"围着她转。

瓜子脸女人十分厌恶地去赶大呆："狗杂种，走开走开！"

满怀欣喜的李耕晨，正欲上前介绍大呆做"贵宾小姐"的男朋友，见这瓜子脸女人开口这么刻薄，心中那点似曾相识美好感觉便消失得无影无踪了。

"大呆！回来。"李耕晨朝着大呆招招手。

瓜子脸女人循声望来，见大呆的主人竟然是一个穿着打扮不怎么样的糟老头，顿时就朝着李耕晨吼："你这老头是怎么回事？自己家这么大的狗带出来，都不晓得戴个牵引绳，咬人怎么办？还不快点叫走。"

李耕晨看瓜子脸女人冲自己说话，心里还是给大呆相亲的事留了一点希望，便和蔼而耐心地解释道："我家大呆很温顺的，而且今天是来参加决赛的，所以没有拴牵引绳。"

女人刻薄地冷笑了一下："啊哟，比赛就不用拴牵引绳啦，你这种没素质的人，都不晓得主办方是怎么搞的，什么杂种狗都能参加这种比赛，什么阿猫阿狗都往咱们这别墅区里放……"

"这位大姐，你怎么说话呢！"李耕晨被她的冷嘲热讽激起了脾气，"你的狗不也没上绳子么！"

"这能一样吗？我家吉米……"

瓜子脸女人还没说完，被无视的大呆忽然又朝李耕晨"汪"了一声，又围着她转了起来。

瓜子脸女人无比嫌弃地赶着大呆："快走开，我这裙子老贵的，弄脏了怎么办！"

李耕晨板起了脸，不想再跟这个毒舌女人搭话了，他对着大呆呵斥道："大呆，快回来！"

大呆有些反常地朝着李耕晨摇尾巴，还发出了"昂昂"的声音，依然故我地围着裙子转。这声音李耕晨并不陌生，最近大呆在找东西的时候，只要特别笃定的，它就会发出这样的声音。

李耕晨想让大呆快点离那刻薄女人远远的，不知道大呆这是怎么了："你走不走？再不走我可不要你了。"

这话一出，大呆那尾巴就放了下来，低着头跟着李耕晨走开了。

瓜子脸女人冷冷地骂了句："乡巴佬！"

李耕晨装作没听到。

大呆的情绪十分沮丧。李耕晨坐下，把它抱在腿上，说："大呆，咱们不娶那种家庭的媳妇，你那丈母娘也不是什么好人，要真成了可不会少给你苦头吃呢，等比完赛阿爸带你去娶更好看的。"

可大呆并没有安静下来，它的鼻子在李耕晨的裤袋里嗅了嗅，然后用前爪不停地扒拉着。

"大呆，你这是做什么呀？那是钱包不是零食，你这蠢嘴又馋了。"李耕晨说着把钱包掏了出来给它看。

大呆看见李耕晨手上的钱包，"嗷呜"一口就叼了过去，从他身上跳了下去，便跑开了。

"大呆！"

李耕晨撒着一双老腿追了上去。

大呆在人群里穿来穿去，速度不快但李耕晨却怎么也撵不上。正当他要呵斥它一声时，大呆却停下来了。

"啊哟，你这个杂种狗怎么这么烦人的！没完没了是吧！"

李耕晨看着大呆又跑到那瓜子脸女人的身边，将钱包放在了她的脚上。"贵宾小姐"在一旁使劲摇晃着尾巴，却并未勾走大呆的目光。

李耕晨的视线从大呆的身上，再落到钱包上，最后又落到了瓜子脸女人的脸上。

李耕晨忽然就有了个奇怪而荒谬的想法。

这时瓜子脸女人冷笑起来："真是不知好歹的。既然你们非要跟着，那我也就放个明白话吧，昨儿你和我家吉米的家庭老师说的话呢，我也知道了，但是，我不同意。你这杂种狗也想找我家血统纯正的吉米，真是可笑极了。"

李耕晨不理瓜子脸女人的话茬，只看着大呆在她面前各种行为，皱着眉头，忽然问大呆："大呆，确定吗？"

瓜子脸女人看了看大呆，又看了看不理睬自己的李耕晨，骂道："你这老头神经病啊，既然你会说狗语，能跟狗讲话，还不快叫你的杂种狗走开！"

李耕晨看着瓜子脸女人，问："你上个月是不是在骆驼山脚下捡过一个钱包。"

瓜子脸女人先是一愣，然后盯着李耕晨看了好一会儿，眼中的神色十分复杂。

李耕晨上前一步，压低了声音说："钱我是无所谓的，如果你这大姐捡了钱包，能不能把里面的照片还给我？那是我女儿的小学毕业照，就那一张，很有意义的，我不希望弄丢它。"

李耕晨一靠近这女人，就闻到了女人身上一股浓浓的香水味。

虽然当时他的钱包似乎已经没有味道了，但是李耕晨相信，以大呆的能耐，它应该就是靠着这款香水味认出这女人的。

"你……你胡说八道什么！"瓜子脸女人矢口否认，"我怎么可能捡你的钱包，拿……拿什么照片。完全不懂你在说什么，真是莫名其妙！"

说完，瓜子脸女人转身就走，甚至都没有招呼她的狗狗。

李耕晨看她这迫切逃离的样子，于是追上去。"女士，你等一下！"

那女人大概是被逼急了，一个急停转身就狠狠推了李耕晨一把："你个老流氓，到底想做啥子？我说了不晓得，那就是不晓得！"

李耕晨重心不稳，几个踉跄之后，就重重地跌倒在地上。

大呆见状，飞一般地冲了过来，压低身子对着瓜子脸女人做出了攻击的姿态，嘴里发出了警告的咆哮声。

那瓜子脸女人面露惊恐，嚷嚷道："来人啊，保安都死了吗！这里有疯狗要咬人啦！"

李耕晨从地上一骨碌爬了起来，对瓜子脸女人说："你别嚷了。"

他生怕招来保安，会影响大呆的比赛。

可是，那瓜子脸女人的尖叫声实在是太大了。保安到底还是来了。

李耕晨倒是安抚好了大呆，可那瓜子脸女人却不依不饶，非要说大呆咬人，还拉了几个她的朋友来当所谓的目击"证人"，这下李耕晨是真的恼了，当即就和这瓜子脸女人理论起来。

瓜子脸女人仗着人多势众，气焰十分嚣张，一手叉腰一手就指着李耕晨骂："你算是个什么东西，竟然敢惹我。信不信我让组委会直接开除你和那条狗杂种！"

大呆是个杂种这不假，可这女人说话也太难听了，李耕晨气不过："你这个不讲理的女人，明明是你推我在先。你还捡了我的钱包，偷走了我和我女儿的照片和现金，把钱包丢在了绿化带里。我大呆鼻子灵认出了你，你还不肯承认！我也不是要钱，我就是想要回那张照片……"

这番话一出来，周围人都愣住了，完全没想到这打扮金贵女人竟然做了这样的事情。

瓜子脸女人在众目睽睽之下，恼羞成怒，尖叫着："你个胡说八道的死老头，我跟你拼啦！"

然而，不等她靠近李耕晨，就听见"刺啦"一声，而后感觉身后一凉，人群里忽然"哄"的一声炸了锅。

瓜子脸女人的裙子，竟然被大呆撕破了。她只穿了T裤的大屁股，白花花地暴露在了人们的视线里。

贵妇尖叫着踢了大呆一脚，一贯和顺的大呆龇着牙要咬人，而李耕晨并未看见贵妇身后花白大屁股，只认为大呆并没有大错，就上前替大呆解围。他刚一靠过去，就被那贵妇狠狠甩了一巴掌："你个老流氓！"眼看又要上来跟李耕晨扭打，幸亏被人拖住了。

"你别动，罗姐。"

瓜子脸女人的朋友拿着披肩，像斗牛的姿势一样挡在了她的屁股后面。

李耕晨忍着巴掌留下的生疼，蹲下用力抱住了就要冲上去撕咬瓜子脸女人的大呆。

大呆如此凶猛地吼着想咬一个人，是它有生以来的第一次。

那些虎视眈眈的保安，已经试图靠近正发出低沉"呜呜"声的大呆。

瓜子脸女人怒气冲冲地尖叫："给我弄死它！弄死这疯狗！你们收我们的昂贵的物业费都是用来吃干饭的吗！"

李耕晨也恼怒地吼道："是她自己先动手的,我家大呆才不是疯狗!"

李耕晨紧紧搂着大呆不敢松手,他生怕手一松,大呆就在保安的棍棒下没了。

28

这场闹剧,到底还是以大呆被取消参赛资格收场了。

李耕晨曾提出,要赔偿那女人的裙子,但前提是让她还回那张照片,可没想到,那女人却不答应。反而冷笑着说:"你赔得起吗穷鬼!别说你赔不起,就算你赔得起,我也不要你手上的那几个臭钱。你知道我要什么吗?我就要那条疯狗的命,我说到做到,在楚江市这地盘上没有我做不到的事!"

李耕晨被人送出了凤凰山庄的大门,只能带着大呆往家走。

一想到女儿要出国,自己还遇上这么闹心的事儿,他心里头就十分不是滋味。

大呆也耷拉着脑袋跟在李耕晨的身后,亦步亦趋地走着。

没走几步,忽然路边蹿出个人来,喊道:"老李!"

"老张,你在这儿干吗?"李耕晨一看是邻居老张,有些奇怪地问。

老张将一个钱包递给李耕晨,皱眉道:"老李,你没事去惹那个女人干吗啊?"

李耕晨接过钱包,一愣:"谢谢!"

刚刚的混乱中，李耕晨根本就已经忘了自己的钱包。

老张跟在李耕晨的身边，絮絮叨叨地说："那个女人啊，她原本也是住在我们开明小区的。但是后来她找了个厉害的'男朋友'，就搬到别墅区去了。你是不知道，这女人啊！狠着呢，她搬到别墅区之后，偶尔还会回来。有一次，她抱了那只贵宾来，正好碰上这段时间小区有只公狗发情，就把那贵宾小姐给爬了。那女人不依不饶，非得让人家赔她两万块。两万可不是小数目啊！那人当然不愿意，这母狗放出来乱跑被爬了能怪谁呢？那女人就撂了狠话，说不赔钱也行，那就赔命。当时大家都以为她只是为了找个台阶随便说说的，可没想到啊，不过三天，那家的德牧就在小区的绿化带里被找到了，那是活活被打死的。"

李耕晨愣了一下："你说的这是真的?"

老张说："这事我们小区里没几个不知道的。"

李耕晨皱眉："那我怎么没听说过?"

"你以前虽然也遛狗，但没怎么跟狗友们聊天呀，你没听说的事多呢。"老张翻了个白眼，又接着说："你啊，真是不该惹她的。"

李耕晨梗着脖子道："她拿了我的东西，又是动手在先。我怎么惹她了！"

老张只好又劝了几句。

李耕晨对老张的这种说法，其实是将信将疑的，就没怎么放在心上。

入睡前，李耕晨安慰自己：这最糟糕的一天终于过去了，明天会更好。

一晃，几个风平浪静的日子流水般地过去了。

一天早上，李耕晨遛完大呆回来，刚走到距离家还有一层的时候，大呆忽然停住脚步开始低低地叫了起来，紧接着冲着楼上天塌下来似的咆哮。

"大呆，别喊！"李耕晨一边安抚大呆，一边谨慎地往楼上走去。他闻到了一股不同寻常的刺鼻味道，这味道就像是有人装修时候才会有的。

李耕晨走到家门口一看，那锈迹斑斑的银色防盗门上，沾满了血色的油漆，地上也是红红的一大片，像刚发生不久的惨案现场。

李耕晨踉跄着倒退了两步，手扶在栏杆上。

直到这一刻，李耕晨才真的相信，老张的那些话，并不是空穴来风。

李耕晨的第一反应就是要把大呆送走，然后再去跟那女人好好道个歉，赔偿她裙子的钱，等她改变弄死大呆的态度之后，再把大呆接回来。不管发生什么事情，采取什么措施，首先必须要保证大呆好好地活着。

可是，要把大呆送到哪里去呢？

李耕晨倒是首先想到的是宋大臣。可是，有了上次的事情，大呆根本就不会上宋大臣的车。

李耕晨盘算着，找个自己外出旅游的理由，问问未来的准女婿赵晓峰。

已经出差回来的赵晓峰一听李耕晨要将大呆寄养在他家

一阵子，便一口答应下来。因为他家里也有一只狗狗，养狗经验也不错，爸爸妈妈更都是爱狗狗的人，而大呆性子也和家里的狗狗差不多，想必肯定也会相处愉快。

赵晓峰当天下午就过来接大呆了。

李耕晨收拾好大呆的东西，把它带了下去。

大呆一看到小轿车，就后退了，任凭李耕晨引诱，也没有半点要上去的意思。

李耕晨想，赵晓峰比起宋大臣，对付狗狗的功力显然是差了一截儿，宋大臣办不到的事情，他就更束手无策了。

"小赵，我们还是把大呆装进蛇皮袋子里吧。"李耕晨实在没辙。

"那不憋坏了吗？后座和后备箱都不透气。"赵晓峰被李耕晨这种粗暴的方式惊了一下，"这样吧，我叫辆皮卡车来吧。"

李耕晨起先不明白什么意思，等那皮卡车子来了，他才明白，后车厢是露天的，把装在袋子里的大呆放在车斗里，呼吸会顺畅些。

李耕晨抱着大呆上车之后，就直接坐在车斗里不下来了。

"伯伯，您这是？"赵晓峰有些疑惑。

李耕晨说："我陪陪大呆吧，它也是头一回待在这种袋子里，说不定心里发慌呢。有我在它边上，也许会好些。"

赵晓峰很是理解宠物与主人之间的这种深厚感情，再加上这天气也算凉爽，便也就应允了。"那好，我在前头带路，我把车开慢点。"

车子启动了，李耕晨隔着袋子抚摸大呆："大呆啊，你也不要怪阿爸，阿爸这是为你好！"

刚才还在里面躁动不已的大呆，便安静下来，只是偶尔哼唧一声。

赵晓峰走外环路绕过交警，但路上的行人奇怪地看着一个老头坐在车斗里，担心台风一来非把他刮跑不可。

"你先去外面住几天，等阿爸把事情解决了马上就去接你回来。"李耕晨隔着麻袋捏了捏它的耳朵，又摸摸它鼻子的位置，"你和柯儿姐，都是阿爸的心头宝。我知道，我一刻也离不开你啊。可是你的柯儿姐要出国啦，这一去也不知道什么时候回来。你……那个不讲理的女人又要你的小命，阿爸也只能先送你躲一阵。比起分开的难受，阿爸更希望你好好地活着呢！"

天开始阴沉起来，像要下大雨的样子。气象部门已经多次预报台风过境的消息，一阵风吹来，李耕晨感到有一丝凉意，他缩了一下脖子，搂紧了一下大呆。

李耕晨听见大呆轻轻地哼了一声后，没了动静。他摸了一下，手上沾了一点红色的油漆，他突然想到这麻袋上是不可能有门上的那种油漆的。

李耕晨低下头，闻了一下麻袋上的油漆，失声道："血！"

"大呆！大呆你不要吓唬阿爸呀！"李耕晨一边晃大呆，一边去解那麻袋上的绳子。

绳子一松开，大呆的脑袋就露了出来，它的舌头挂在外面，红红的一片还在不停地淌血。那双乌溜溜的眼睛更是往上翻着，身子有点抽搐。

李耕晨赶紧拉开大呆的嘴巴，检查了一下它的舌头，发现伤口并没有太大，他才略微松了口气，将舌头放进去，然后转身就拍窗户，朝着前面开车的喊："小赵，掉头！快掉头，咬舌自尽了！咬舌自尽了！"

他得送大呆去医院。

而且，他心里已经做了决定，这次，不管怎么样，都不送走大呆了。那些人，还能把大呆从自己身边拉走不成？！自己小心点也就好了。

小赵在越刮越大的风声中，听不清李耕晨叫着什么，有些懵懂，索性靠边停车，伸出头问："伯伯，怎么回事啊？"

"我的狗不太好，快去医院，它咬舌自尽了，快点快点。"李耕晨焦急地拍车厢。

可就在这个时候，李耕晨听见了身后有"窸窸窣窣"的声音。

他一回头，就看见刚刚还是翻着白眼的大呆，现在竟然直接跳了起来。

李耕晨一看大呆没事，心中一喜，接着又是一紧。大呆头也不回地跳下了车子，跃过一片绿化带，进了一片苗木林子，消失在视线里。

"大呆——"

李耕晨跳下车向着大呆离开的方向追去。

赵晓峰听说大呆跑了，跟在李耕晨的后面追了上去。

直到天色暗了下来，李耕晨和赵晓峰也没见到大呆的影子。

"伯伯,要不我先送您回去吧。说不准大呆就在家里头等你呢!狗狗都很忠心的,绝对不会跑丢的。"赵晓峰说。

李耕晨想想上次大呆跑了一百多公里都照样找回家,何况还在一个城区呢。他点点头说:"好!回家吧!大呆一定是回家了……"

"小赵,你开快点。"李耕晨担心大呆会在回家途中碰到瓜子脸女人。

回到家,大呆并没有像李耕晨一路想象的,蹲在门口等他回家的情景,他便慌神了。

赵晓峰看见了李家门上红红的油漆,不解地问:"伯伯,您这是?"

"没事没事。"李耕晨不愿解答这烦心的问题,转身下楼,"我们下楼找找。"

赵晓峰看他紧张的样子,也就不再追问。

这天,他们找到月上中天,还是没有大呆的蛛丝马迹。

"伯伯,您今天先好好休息吧,说不准大呆中途迷了路,要找一找才能回来呢。"赵晓峰安慰道。

"再说吧再说吧。"李耕晨有种万念俱灰的感觉。

"伯伯没事的,狗狗是恋家的动物,不可能跑丢的,你真的放心好了。"赵晓峰重复着差不多同样的意思。

李耕晨摇摇头,拉着赵晓峰的手说:"小赵,家里头的这些事,麻烦你不要告诉柯儿。她远在京城,工作又忙,听了只能是给她白添担心而已。明儿说不准大呆也就回来了……"

赵晓峰挠了挠头，说："伯伯，这个我可以答应您。但是您能跟我说说，门上那个，是怎么回事吗？是不是遇上什么难处了？"

李耕晨叹了一口气，把上次在决赛场上发生的事原原本本说了一遍。

赵晓峰听完后惊讶不已，寄养大呆居然是为了避祸。他掏出手机拍下了"案发现场"。他说："伯伯，您放心吧，我保证，他们绝不敢再这么骚扰您了。如果他们还敢来，您就报警，现在是法治社会。您别怕！"

送走赵晓峰，李耕晨从卧室到客厅来来回回地走着，没有半点睡意，他等待着大呆像上次一样的敲门声。

李耕晨想：不怕？怎么可能不怕呢。大呆这要是出了事，我可怎么活啊。

天蒙蒙亮时，李耕晨听到门外的响声，他神经质地跳起来，冲上去打开了门。门外除了那摊已然凝固的红色液体，没有大呆的身影。那响声是门外沙沙的雨声。

"哦，对了。大呆会不会去乡下的老屋呢，那是它和它的柯儿姐待的第一个家。对，有可能。"李耕晨喃喃自语道。

李耕晨这么想着，心中燃起了一丝希望来。他换了一身衣衫，拿着雨伞出了门。

这让他想起自己跟大呆第一次冲突的情景。那个时候，大呆无意中毁了他和亡妻的合照，他气得拎起扫把就抽它，将它赶出了院子。也是这样的雨天，最终，他还是将它找了回来。

大呆它一定在乡下的老屋。李耕晨心中的预感一阵比一阵强烈。他相信这是大呆给予他的心灵上的暗示。

李耕晨走出小区，第一次出手阔绰地掏了五十元钱拦了一辆出租车，直奔老家前明村。

车子到了村口就不再往里开了，李耕晨也不介意，他正好打算一路找过去。

"大呆！大呆！大呆……"

天已大亮，李耕晨撑着伞沿着熟悉又有些陌生的路，一边走一边喊着大呆的名字。

雨淅淅沥沥地，路边的小溪也发出轰轰的声响。今天上午是台风过境的时间，一路上，李耕晨没有遇见一个曾经的乡亲。他远远地看见山边那间孤零零的老宅，像个风烛残年的老人在风雨中等待他的归来。

到了老宅前。李耕晨取出钥匙，打开门，没有人气的味道扑面而来。

每逢清明重阳和春节，李耕晨还是会回到这里思念早已故去的妻子，可即便是这样，院子里的荒草也疯一样地长高了。他扫视了一圈院子，心中就颇为失望，仿佛那荒草已然开始从他的心脏深处长了出来。

李耕晨想，难道大呆还能翻墙进来吗？半点可能也没有。

李耕晨还是不由自主地走了进去。

尽管这个院子对大呆来说，可能只有一年不到的记忆，但对李耕晨和女儿芃柯来说，却是有一半以上的时间，都是在这里共同度过的。

他的小姑娘，从牙牙学语，到蹒跚学步，再到背起小书包上学堂，跟在他的身后甜甜软软地喊着"阿爸"……

这一回想，李耕晨才发现，其实，这个院子，这座老屋，才是他和女儿相处得最多的地方。搬进城里后，她忙着学业，忙着专业，就连暑假和双休日，能整天着家的时候都少得可怜。而在这个院子里，他的小姑娘上学之前就天天送他去上班，下午又坐在门槛上，乖巧地等他回来。

"阿爸，阿爸……"

李耕晨的耳边响起女儿的声音，他知道这是幻觉。他倒是希望此时能够真实地听见大呆的汪汪声。

李耕晨愣愣地蹚过齐腰的杂草，打开了屋门。

门内，还是老模样，桌上落着厚厚的灰尘，他把手掌放了上去提了起来，掌印清晰可见出现在桌面上。

李耕晨叹了一声，说道："要是大呆真的回来了，我们爷儿俩就住回来也不错啊。有山有水，还不用担心那疯婆娘……"

李耕晨在屋里转了一圈，觉得哪里都能看见女儿小小的身影，软乎乎肉嘟嘟地跟在他身后喊爸爸。

李耕晨在自己简陋的卧室里停留了很久，他看到自己躺在病床上，美丽的妻子一勺一勺地给他喂着熬得浓浓的中药。

外面的雨瓢泼似的倾斜而下。

"天哪，这么大的雨，大呆你在哪里呢？"李耕晨担心大呆被雨淋坏或被洪水冲走。

李耕晨坐在芄柯的闺房里，听见后山传来不同寻常的

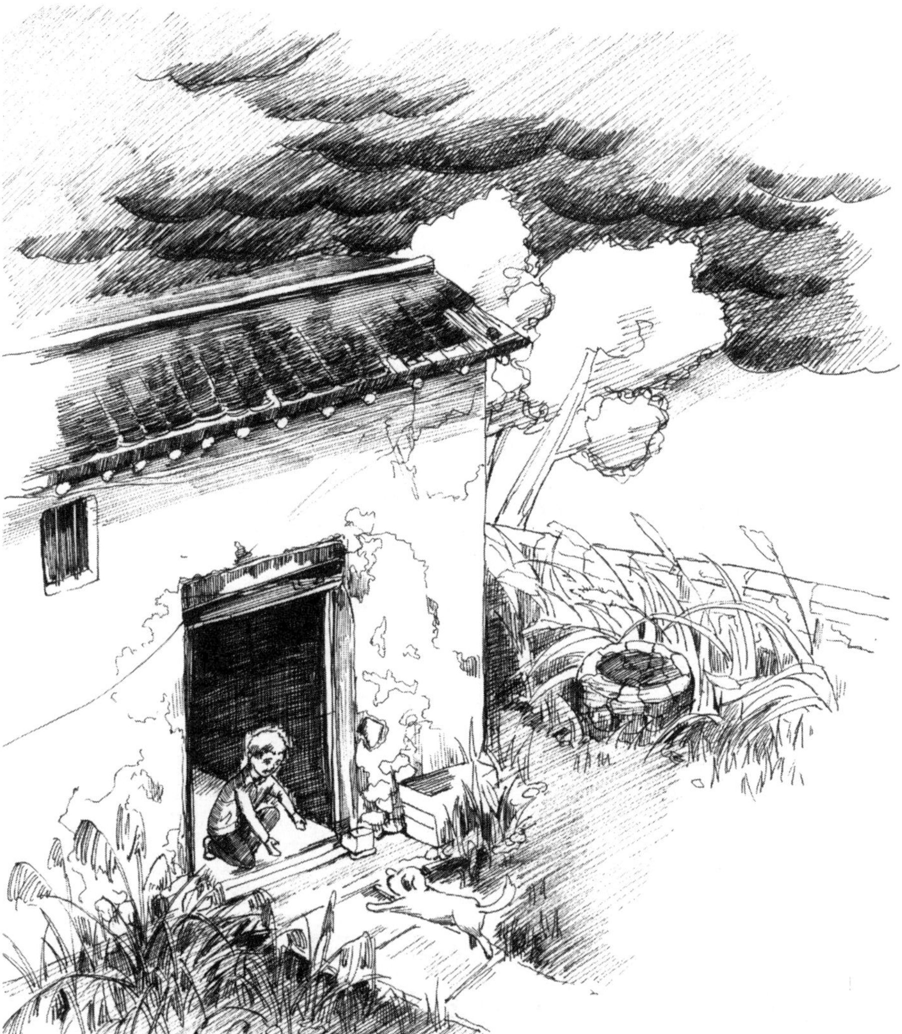

"轰隆"声。他清楚那是山上下了更大的暴雨,山坳里的溪水暴涨,滚滚而下的洪水奔涌而下的声音。

李耕晨听着听着,忽然发现,这狂风暴雨中,似乎有狗叫的声音。

难道是大呆回来了?院门和屋门都开着呀。

李耕晨霍然起身,侧耳听了听,他真切地听到了狗叫,他冲出房门。

他跑到客厅,远远地看见院子外面,浑身毛发贴在身上的狗,从暴雨中奔了过来。

"大呆,大呆!"李耕晨兴奋地叫出声来。

大呆边跑边用力地叫着。

李耕晨在门口处蹲下身来,朝大呆张开了双臂:"大呆!快,阿爸……"

李耕晨背后一阵发凉,他的声音,在"轰隆"的一声中消失了。

老宅变成了一堆黄泥和山石,李耕晨隐约听到大呆撕心裂肺的吼叫……

29

"本台报道:我市受台风影响于14日22时至15日8时遭遇局部大暴雨,雨量为140毫米。暴雨引发滨水区所辖前明村特大山洪泥石流灾害,由于事发突然,受灾的32户(100余人)未来得及撤离至安全地带,现在救援人员已经赶往现场，后续救援情况，将在本台滚动播出……"

李芇柯在手机微信里看见这个消息的时候，正在首都国际机场。还有四十分钟，她就要登机了。一看到这个消息，她的第一反应就是给家里头的阿爸打个电话。

她也知道，阿爸不可能再回到前明村去，可不知道为什么，这心里头就是有些不安。有迷信说，那是亲人之间的一种特殊感应。

她拨了李耕晨的电话，可是电话一直处于关机状态。她的不安感越来越强烈起来。

"芇柯，你身体不舒服吗？"领队见她心神不宁，前来关切地问。

"我刚看到我老家台风过境的消息，我老宅那个村庄有一百多人失踪了。我担心我阿爸呢。不过我家已经住城区十多年了。"李芇柯焦虑地说。

"你看，你都说你跟你阿爸搬出来十多年了，这事儿虽然发生了，但你阿爸肯定不会有事的。说不定就是出去遛狗了，或者在外面跟邻居唠嗑呢！"领队说。

李芇柯虽然觉得领队说得有道理，但惴惴不安的心情却无法停歇下来。她给赵晓峰打了一个电话。

赵晓峰一大清早正在赶往外省做节目的路上，听到李芇柯满腹的担忧，安慰说："这个你放心好了，十点多路过开明小区时，还看见伯伯和大呆了呢。没事的。"

"你那么晚去开明小区？"

"对呀，我昨天加班很晚，我放在车上的一袋狗粮早就想给伯伯的,昨晚刚好路过,想写个纸条放在你家门口,结果发现李伯和大呆站在走廊上跟邻居一老头聊得正欢呢。"赵晓峰编了个谎。

"嗯,那老头肯定是张大爷。这我就放心了。"李芃柯开心地说。

"明天做完节目回来,我再去看看他们,看有什么需要的。你在国外放心吧。"赵晓峰说。

"好的好的。晓峰,那太谢谢你了哈。我不说了,开始登机了。"李芃柯匆匆挂了电话。

李芃柯回头望了一眼候机厅外的蓝天,心想,老家的天也应该放晴了。

她转身朝安检走去……

楚江地区的雨已经停了下来。

在前明村山脚溪边的一堆废墟上,一只浑身湿透,沾满了泥浆的动物,两只前爪疯狂地刨着一堆泥石,不断有血水渗了出来。

见有人出现,它边刨边狂吠起来,听声音才知道这个"泥浆动物"是一只狗狗。

狗狗的嗓音已经严重沙哑了。

救援队的人停下了脚步。

"有狗狗的地方,下面一般都会埋着主人。"一个参加过汶川大地震救援的队员说,"来来来,把探测仪拿过去探测一下。"

"不要去了，没人没人的。"熟悉村里情况的带路人说，"我们赶快到那边去，有个大村庄，里面埋了不少人。"

"只要可能有生命的地方，我们都要看看。"那个有经验的队员皱了一下眉头。

"真的，你们就信我吧。我在这住了一辈子了，我是看着那家人十年前带着唯一的女儿住城里去的。我们这儿的土狗都讲情义，说不准是别的跟它玩得好的狗埋进去了，它才这样。"带路人说，"大家还是先去看看里面吧，那里面一家人就好几口哪！事情发生的时候，大伙儿大概都是刚起床，或者都没起床，求求你们了，抓紧时间吧！"

带路的男人满含眼泪，说得恳切，专业救援队的头头做了快去手势，大家便带着工具径直朝里面跑去了。

"泥浆狗狗"看到这群人就要离开，便跟跟跄跄地追了过来，嘴中还发出低沉的"呜呜"声。

"泥浆狗狗"冲向队尾的一个留着长发的姑娘。姑娘看到狗狗就要伤害到自己，向前紧跑了几步，却被脚下的泥块绊倒在地。她觉得裤腿一紧，回头看时，"泥浆狗狗"咬住了她的裤脚，口中"昂昂昂"有声地拼命往后拖，并没有要伤害的意思。

"长发姑娘"坐起来一看，"泥浆狗狗"的眼中满是泪水，发现"泥浆狗狗"前爪的脚指甲似乎已经完全不见了，有几个露出的脚趾渗着血。

这狗狗为救小伙伴如此忠诚，"长发姑娘"不由得动容起来，想把它抱走，可她回头看到救援队伍正紧紧张张往前赶时，便狠狠心咬着牙拽回了自己的裤脚，将"泥浆狗狗"赶开，小跑着追上前面的救援队伍。

"泥浆狗狗"一瘸一拐地追了几步，停下来望着"长发姑娘"远去的背影，无比哀伤地仰着头嚎了一阵，转身回到那堆废墟上，张开前爪继续用力刨着。

一阵口令声，从不远处传来。

停下，张着耳朵静静地听了一下，又跑到泥石隆起的高处狂吠着。

一队穿着迷彩服的解放军正向这个方向跑来，可他们绕过李家老宅却是赶往受灾最严重的村庄。

"泥浆狗狗"从泥石堆上直接滚了下来，爬起，边叫边跌跌撞撞地追了上去。

在队尾的一名战士回头张望，发现"泥浆狗狗"身子歪歪扭扭的异常表现，停下脚步仔细查看，狗狗浑身脏兮兮，惨不忍睹的两只前爪。

"报告班长，我留下来查看就近一座房屋。"战士对着前方奔跑的队伍喊。

班长停下来，看了他身后的狗狗，跟前面的军官商量了几句，又点了身边的两个战士："你们三个人带着工具一起去看看。"

"泥浆狗狗"在前面带路往李家老宅跑去，三名战士紧紧跟了上来。

这只"泥浆狗狗"就是大呆。从泥石流冲塌李家老宅的那一刻起，它一直刨挖着埋在房屋底下的主人李耕晨。

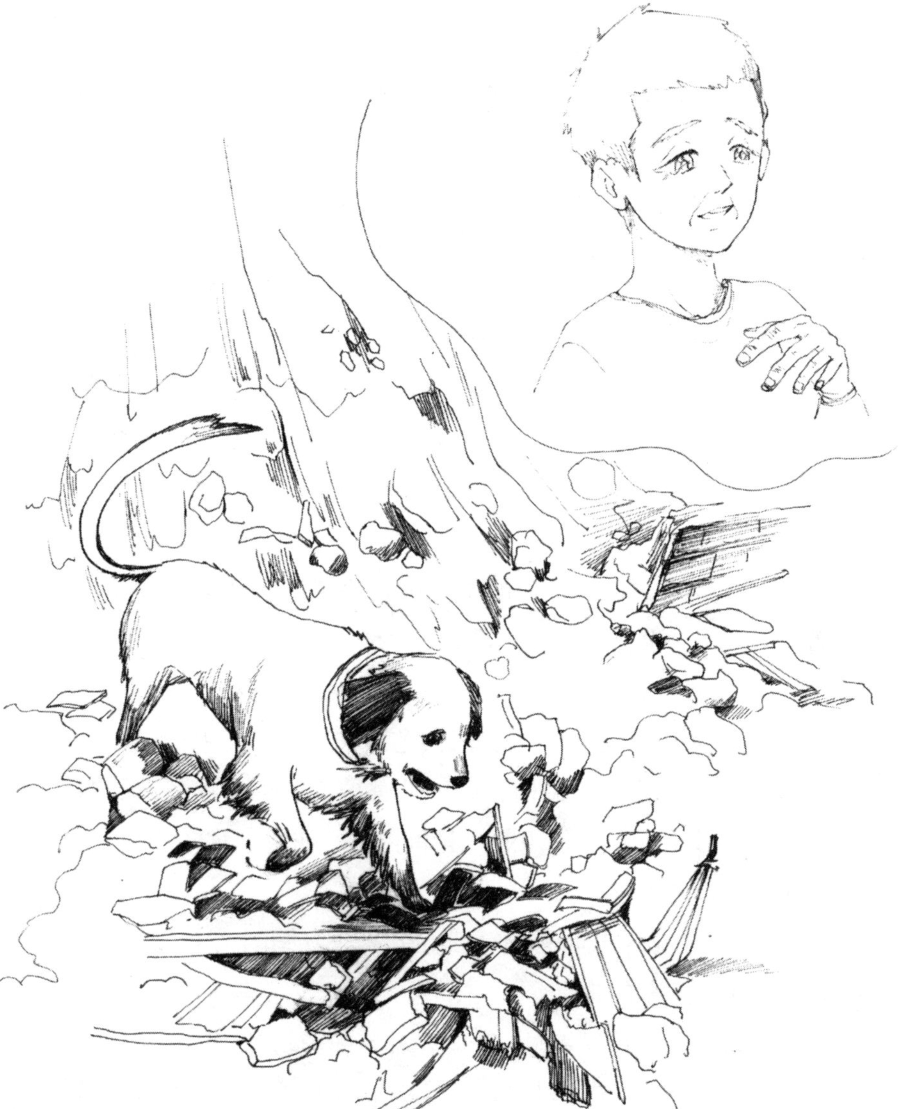

大呆昨夜跳车之后,一直往李家老宅的方向逃窜。城郊的几道环城路,让它迷失了方向,来来回回绕了几圈,天亮时找到了前明村村口。

大呆想在老宅里躲一躲,愈下愈大的暴风雨,老宅后山山洪的咆哮声,它特有的灵性感受到了凶险的气息。

大呆掉头时,忽然闻到主人李耕晨的味道,这味道越近李家老宅越发明显起来。

大呆看见院子的门大开着,又望见后山上的泥石流,正从不远处像一堵移动的墙体翻滚而来。大呆对着院门狂吠着,见没有主人的影子,便冲进院子奔向老屋。

大呆眼睁睁地看着主人被从山上滚下来的山石和泥水吞没,石流和巨大的气浪将它冲飞起来摔在院外,被一层泥浆覆盖上来。

三名战士在大呆转悠的位置小心地刨挖起来,大呆哼唧着一会儿左一会儿右地来回看着。

"喂,那下边有人吗?"远处有位姑娘边走边喊着。

"长发姑娘"是位随救援队实施医护保障的实习护士,她在村庄那边包扎几十位伤者后,见医护人员越来越多,足够满足现场救护需要,便想起那只可怜的"泥浆狗狗",便赶了过来。

"来,狗狗,我带你去清洗包扎一下伤口。""长发姑娘"蹲下指了指大呆的脚趾。

大呆看了"长发姑娘"一眼,躲开她绕到另一边。

"长发姑娘"跟了过去,大呆冲她叫了一声,低下头去呜鸣地表示愤怒的样子。

  这个小山村，渐渐地聚集了很多穿着各色服装的人，救援队，志愿者，医护人员来往穿梭着。

  李耕晨被挖出来时，尚存着十分微弱的生命体征。医护人员见他年纪大，在现场进行简单的包扎后，用担架抬到不远处的公路上，架进了救护车。

  在路边树丛里小便的大呆，肚子突然疼痛得剧烈地起伏着，不一会儿就晕倒在地……

第八章
下辈子还想遇见你

30

泽西医院重症监护室里。

李耕晨安静地平躺在床上,四周放着高矮不一的诊疗器械,粗粗细细的管线在他的身上交织着。心电图监测仪的屏幕上,曲线在一条水平线轻微地波动着。

李耕晨的意念里,看见大呆从李家老宅的院子里跑了出来,哀嚎着寻找着自己的主人。

"大呆,大呆呀!我在这里,我在这里呀!"李耕晨眼睁睁地看着大呆从自己的身边错过,他大声喊着它的名字,却憋在喉咙里连自己也听不见。

大呆继续往前跑着,它钻进了那片玉米地,一会儿又钻了出来。李耕晨看见柯儿拿着巧克力递给大呆,柯儿说:"大呆,这是从国外带给你的香香的牛肉干哦。我也给阿爸带来了上好的榛子果,他的脾胃不好,吃了就会好。你看见阿爸了吗?他在哪里呢。"

"柯儿,柯儿啦!我在这里,我在这里呀!"李耕晨使了浑身力气吼着嗓门,却出不了一点声音。

李芇柯瞬间就消失在了视线里,大呆左右寻找着又惶恐不安地叫了起来。

李耕晨想跑上去把大呆抱起来,双腿却沉重得像灌了铅一样,始终迈不开双脚。

泪水从李耕晨的双眼流了下来,盖过脸颊。

天空挂着一轮朗月。

大呆醒来的时候,已是午夜时分,远处失去亲人悲伤的哭声和狗吠声交织在一起,打破了前明村夜的宁静。

大呆颤颤巍巍地站了起来,一跛一跛地从树丛上了马路,它看见路旁一个快餐盒的旁边躺着半根火腿,叼起来送入口中,咀嚼了三两下咽进肚里,喝了几口路边的积水。

大呆看了看这条延伸到城里的马路,又低头舔了舔脚趾上已经结痂的伤口,抖了抖身上的泥土,翕动着鼻翼,颠颠跛跛地跑了起来。

天快亮的时候,大呆出现在泽西医院。

重病区的门口,进进出出的白大褂和病号,有些嘈杂。

大呆探头观察了一会儿，趁保安不备，夹着尾巴溜进了大厅，从一侧的楼梯上了二楼，直接小跑到李耕晨重症室。

大呆用前爪扒了一下门，又用头顶了一下，只是带上的门开了一条缝，它的头伸了进去……

"嘿，去，去去……"一位值班医生见到一条脏兮兮的狗，冲了过来。

另一头，一位护士用手中的文件夹，扔了过来，不偏不倚地砸在了大呆的头上，它"汪"地叫了一声，直接闯进了重症室，摇着尾巴嗅了一下病床上一动不动的李耕晨。

医生情急之下，抄起一把扫帚，狠狠地抽在大呆的肚子上和背上，大呆躲到李耕晨的病床底下。

值班室的其他医生也拿着拖把气势汹汹地跑了过来，大呆窜了几下后，夺门逃了出来，飞奔着下楼，跑出了医院的大门。

大呆回头看看后面没有人追赶，坐下来观望着。

大呆起身绕着医院的院墙，在绿化带一棵茂盛的雪松树下趴了下来。

大呆躺在雪松树下，视线可越过一堵院墙，刚好看见重病区二楼的李耕晨重症监护室。

过往的行人，每天都可以看到一只脏狗狗在垃圾桶里翻找食物，然后回到雪松树下，目不转睛地望着医院的二楼。

入夜，重症监护室的灯光是彻夜通明的。大呆睡得很少，它把头放在前腿上，眼皮提一下就可以看到监护室的窗户，若是瞌睡虫来势汹涌，就放下眼皮眯一会儿。若是窗前

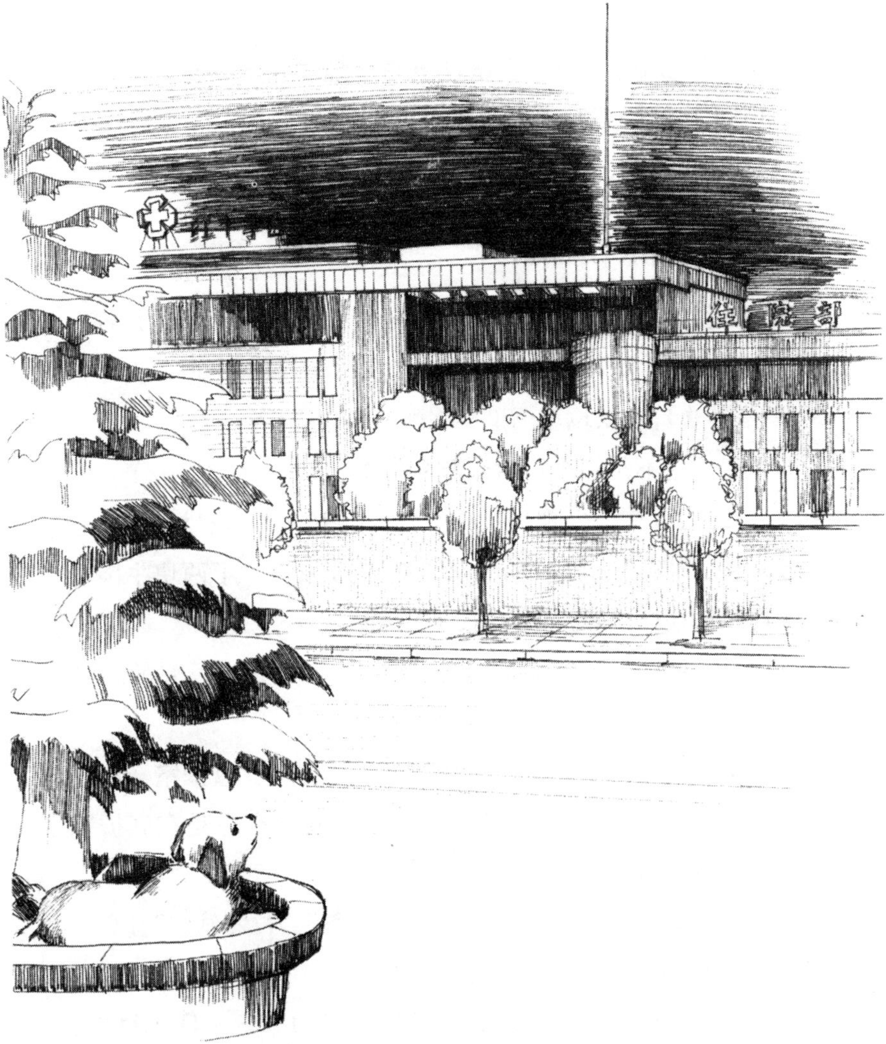
住院部

有人影晃动，大呆惊觉地弹坐起来，鼻子里发出"噗噗"的声音。

大呆也去过重病区几次，试图蒙混着人流冲进去，但每次都被保安追打。自从上次冲进重症监护室后，医院专门召开加强重病区门卫管理会议，严禁任何动物进入。

过境的台风依然影响着后几天的天气，不时下起了大雨。大呆像钉子一样钉在雪松树下一刻也不曾离开，只是身体一天天消瘦下去。

附近住宅小区的爱心人士见此情景，给大呆拿来各种各样的食物，但大呆只是闻了闻，似乎不感半点兴趣。大呆似乎只是喜欢自己从垃圾桶里寻来的一星半点食物。

"咦，这不是那个'泥浆狗狗'吗？那天你跑哪去了，有电视台的记者在事发现场找你呢？"实习的"长发姑娘"路过时，一眼看见没精打采的大呆，走了过来，拿了两块牛肉干递到它的嘴边，"来，乖狗狗，吃一点。"

大呆咽了一下口水，转过头去，只顾望着医院的二楼窗户。

"长发姑娘"随着它的视线看去，那是重症监护室，她正好轮到这个科室实习。她明白了大呆的意思，它是在守护和想念它的主人。

"来，跟我去吧，我带你去看主人呢。""长发姑娘"说。

大呆的眼睛闭了一会儿睁一会儿，却一动不动。

"长发姑娘"想把大呆弄到李耕晨身边来。她回到科室，跟大家讲起"泥浆狗狗"刨翻脚趾救主人的事，大家虽然感动,但为整个病区患者的健康考虑,没有人赞同她的想法。

寻找大呆的那位记者得知它的消息后,拍了一条新闻,在电视台播放,引起市民的关注。尽管自发送来的食物很多,大呆从未吃过一口。它记得主人教过它不吃陌生人的东西。

大呆有时还在地上边打滚边叫着,看那痛苦的表情似乎是很疼痛的样子。

大呆一天天地消瘦下去,身体也越来越虚弱。救治李耕晨的医护人员担心这一人一狗的生命在一点点地失去。他们经常站在窗户上看一下病床上昏迷不醒的李耕晨,然后再向雪松树下的大呆招招手,希望在剩下的生命时间里,侥幸地以这种方式完成它和主人之间不为外人所知的生命约定。

这天下午雪松树旁来了个长相甜美的女孩子,她手里还拿了一包狗粮,一看就是有备而来的。

大呆愣愣地看了这位姑娘一会儿,便走上去围着姑娘嗅着,坐回树下,便开始吃起她的东西来。

围观的人对大呆的这个举动十分好奇。

"美女,不是说它家里没有人了吗?你是它家里人?"有人疑惑。

姑娘说:"不,不是的。我只是一个宠物医院的老板,大呆曾经来我家做过美容,它一直都很懂事的。我很喜欢它,它也很喜欢我。我从电视上知道这事儿,就过来看看它的。"

"它主人快没了,你就照顾一下它吧。"有人好心提议。

"嗯,我也是这样想的。"金晶来时就想把大呆带回迷尔宠物医院照顾一段时间。"大呆，跟我回去吧。"

来时还信心满满的金晶，却最终没有打动大呆。

金晶用塑料覆盖的纸箱做了一个狗窝放在雪松树下，每天上班之前绕道送来一些食物。

大呆的精神比以前好了些。

午夜时分，大呆绕过打盹的保安，机警地溜进了医院，顺利地来到二楼重症监护室。

病房的门是关得严实，但透过没有拉上窗帘的落地玻璃，清楚地看到病床上的主人。大呆就趴在落地窗上，哼哼唧唧地扒着玻璃。

被惊醒的值班护士，拿着扫帚驱赶。

正在休息室的"长发姑娘"听到狗的惨叫声，猜想十有八九是"泥浆狗狗"，急忙跑了出来。

她看见"泥浆狗狗"在走廊上打着滚，一副痛不欲生的表情。

"你打它干吗呀，这样会吵到整个区间病人的。""长发姑娘"对那值班护士说。

"长发姑娘"面上关注的是整个病区的患者，心里保护的却是可怜的"泥浆狗狗"。

"我哪舍得打它呀，我都没碰到它呢。"值班护士说，"我只是拿扫帚吓唬吓唬它，让它离开。"

值班医生和病区有的患者陪护听到狗叫声，都围了过来。

"大家别打它，它就是电视上报道的那只狗狗，重症室李大伯家的。"蹲在大呆旁边的"长发姑娘"，做了个让大家离得远一点的手势。

大呆在地上滚了一会，慢慢站了起来，看着一个医生摆弄着棍子守在重症监护室门前，它夹紧了尾巴朝楼梯口走去。

"长发姑娘"笑了："哈哈，泥浆狗狗还真鬼的，竟然还会耍无赖的。"

"唉，我动都没动它，居然还痛苦地叫了，真可以当影帝了。"值班护士说。

"哎呀，别在门口被保安打了。""长发姑娘"说着便跟了上去，一直把大呆送出医院。

闻讯从外地赶回来的宋大臣，来到医院时，正好碰上大呆站在重病区门口，好说歹说把护士长叫了出来。

"你们能不能破个例，就让大呆留李伯伯房间，国外就有治疗犬，狗狗唤醒病人的案例非常多，有时候比人类甚至科学仪器更可靠。"宋大臣说。

"您是……"

"我是这些天给重症监护室里的李耕晨打医药费的那个人。"宋大臣说。

"哦哦哦，您是李老先生的家属是吗？"护士长想起这位在电话要求他们给予最好的医疗条件救治的人。

宋大臣揉了揉大呆的脑袋，说："也算是吧。"

"您知道，医院是有规定的，上次为这事还专门召开了专题会。宠物身上容易带着细菌，一不小心就会威胁到整个病区患者的健康。"护士长有些为难道。

"我会经常带它去洗澡的,一直保证它身体的干净整洁。它很健康,每年都打了疫苗的。我了解了一下,你们二楼有套带会客厅的重症房,我希望把李大伯换过去,收费贵一些我也不会有意见。这样调整后,狗狗也就不会打扰到别的病人了。"宋大臣恳切地说,"如果你们还有什么要求或者其他条件,也可以告诉我,只要能把狗狗留下来,一切都好说。"

大呆安静地蹲坐着,用一双忧郁的眼神,望着宋大臣跟这位穿白大褂的女人,它不明白他俩在说什么,或许它知道这两人一定是在说关于它的事。

31

李耕晨一直沉湎于梦里。

这个冗长的梦只是不断地重复着这样一段画面:

产房里,李耕晨守着美丽的妻子,顺利地生下了漂亮而又聪明的柯儿;柯儿像山间的竹笋拔节一样,噌噌地长高了个儿,一家三口其乐融融地围在桌上吃饭;大呆蹲在桌子底下,流着哈喇子等着柯儿扔给它一块骨头;画面一闪,他看到自己变成了一个白发苍苍的老人,温柔的妻子,孝顺的女儿,还有老得走不动的大呆依偎在他的床边……

大呆举着水润的黑鼻头,肉乎乎地蹭了一下他的脚心,又爬上床来用湿乎乎的舌头舔着他的嘴唇。李耕晨忍不住呵斥道:"你这蠢狗,又搅了我的好梦。"

"医生快来看,李大伯醒了。"赵晓峰按了一下床铃,对着通话器喊。

大呆兴奋得几乎跳了起来,"昂昂昂"地摇晃着身子,几乎要跳到床上来。

"来了来了!"医生护士同时奔了进来。

李耕晨睁开眼睛看到大呆,愣了一下说:"大呆,你蠢啊,你怎么不往外逃呢!"

"李伯,您醒啦!"赵晓峰说。

李耕晨定睛一看:"小赵?!"

赵晓峰点点头:"是的,大伯!"

"伯伯,还认得我不?"从赵晓峰背后又转了一个人来。

"宋老板!"李耕晨脱口而出。

"嗯,李伯,我是小宋呢。"宋大臣的脸上挂满了笑容。

"李伯,还有我呢!"传来一声清脆的女声。

李耕晨环视了一下病房,确信自己这是死里逃生了:"哦,金晶。你来了,你们怎么都来了呀?"

大呆挤开了他们,与李耕晨亲昵一会儿。李耕晨边抚摸着大呆的头,又把视线落在了金晶的身上。

金晶也不等他问,就笑道:"我是宋老板请来给大呆做卫生护理和简单训练的。不然以医院的规定,它是不能待在这里陪您的。"

"小宋请你来负责大呆的护理和训练?"李耕晨有点惊讶的样子,目光在宋大臣和金晶之间转了个来回。

金晶笑道:"是呀,宋老板说您是他的好朋友,所以您住院这段时间,他一直都是很上心的,像对待自己的亲人一样。"

知道底细的金晶，意味深长地看了宋大臣一眼。刚才还笑容满面的赵晓峰，忽然闷闷不乐起来。

李耕晨多少听得出来，宋大臣帮了不少忙，心头涌出一股感激的暖流，说："宋老板真让你操了不少心啊，这次柯儿可又欠你一个大人情了……"

宋大臣说："这事儿芃柯还不知道。我们都觉得，只要您好了，这事儿就由你来决定要不要跟芃柯说。毕竟她人在国外，工作方面也比较紧张……"

"说，当然要说。"李耕晨又顿了顿，"只是，我想等柯儿回来再跟她说。"

"行！您做主。我也觉得这样最好。"宋大臣笑道。

赵晓峰在一旁没再插一句话。

半个月过去，李耕晨的身体恢复了元气。

金晶和宋大臣帮李耕晨办完了出院手续，大呆紧紧跟在主人的身后，无比欢快地摇着尾巴。

一路上，李耕晨觉得金晶和宋大臣还挺般配的，打趣地说要给他俩拉一根红线。

宋大臣握着方向盘，面带笑容看着前方。

"伯伯，宋老板心里有人啦。我可没这福分呢，咯咯咯……"金晶笑道。

"你也是个有福的人，肯定能找个更好的！"

"瞧见没，伯伯就是觉得我还不够好呢！"宋大臣插科打诨道。

车里一路欢笑，可快到开明小区路口的时候，李耕晨忽然说了句："不行，这事还没完呢。"

宋大臣和金晶被这话弄晕了，异口同声地问："什么事？"

李耕晨又把"瓜子脸女人"要害大呆的事说了一遍。

"伯伯，您就放心吧。您这事，我上次听赵晓峰说过了，那女的已经被带走了，说是协助什么调查呢。她背后的那个很牛的'男朋友'被关小黑屋了。"金晶说。

车刚一进开明小区，老熟人们就纷纷上来打招呼。李耕晨和大呆干脆下了车。他们夸奖着大呆，有的还给大呆的脖子上戴了个大花环。

五分钟就到家的路，李耕晨足足走了大半个小时。

在之后的一段时间，大呆英勇救主的故事在网上的热度不减，它被网友评为"史上最有情义狗狗"，这个称号弥补了李耕晨上次参加"选美大赛"的遗憾。

自此，李耕晨每次下楼遛狗的时候，他都会不厌其烦地给居民们分享着大呆的点点滴滴。

李耕晨每次带着大呆上街，都会引来市民的围观。甚至去市场给大呆买碎骨的时候，肉摊的老板都时不时多给他们二两。

一段时间后，李耕晨的日子又慢慢平静下来。

李耕晨发誓，在仅有的余生里，愿意赔上自己的生命像当年照顾柯儿那样侍候好大呆。可是他也知道，冬天的雪人再美也无法守护到夏天，他多么希望即便寒冷也要把这时令延长一些。

他陪大呆玩耍，给它做好吃的，每次晚饭散步后都绘声绘色地给大呆讲故事。

大呆现在也是越来越懒，玩耍这事儿并不怎么热衷，每天两次的散步，它已经很满足。但是听故事这事儿它却是乐此不疲的。

不为别的，就为这些"故事"都与"柯儿姐"这三个字有关。

李耕晨每晚的睡前故事，开头必定是"你的柯儿姐啊……"。

关于李芃柯的故事，李耕晨是用倒叙方式从芃柯上京城说起的，每天絮絮叨叨地说一点儿，然后说到大学，又说到高中。

"哎呀，我跟你讲，高中的时候，你柯儿姐就收到过好多好多的小纸条儿。她还当阿爸什么都不知道呢。其实阿爸都知道……唔，并不是偷看的。"李耕晨揉了揉大呆的脑袋，道，"你想啊，你柯儿姐活泼可爱学习好，最关键的是，还会跳舞，还长得好看。那些稍微有点儿眼力的臭小子们，能不心动嘛！"

大呆看着李耕晨的嘴。

"也就是那个时候啊，你柯儿姐的小抽屉开始上锁了。哼，阿爸就知道，她是那会儿开始有小秘密的。"李耕晨仿佛想起了当时的情景，撇撇嘴，神色有些不甘心，又有些不屑。"不过，阿爸也不是老迂腐就是啦。你柯儿姐的成绩一直都很好，我也就当没看见那小锁了。反正有没有，阿爸都不会去开的。"

大呆咧着嘴，晃了晃尾巴。

夏去春来大半年。有一日，李耕晨正和大呆说着芃柯上小学时候的糗事呢，忽然接到了李芃柯的越洋电话。

李芃柯出国之后，是固定的一个月一次电话。李耕晨觉得有些奇怪，这是女儿这个月第二次打来了电话。

"怎么今天又有空啦？"李耕晨很开心。

李芃柯在那头咯咯笑："因为有件大喜事儿要和阿爸分享呢！"

"回国了还是要结婚了？"李耕晨也调侃似的问。

"阿爸，你就不能别老想着把我扫地出门啊！"李芃柯娇嗔了一声，说："我攒够了给您买房子的钱，明儿我让宋大臣去接您，让他陪您选一个喜欢的大别墅吧！"

"啊？"李耕晨有些反应不过来，"你说啥？"

"给您买别墅！"芃柯笑着大声地又说了一遍。

李耕晨愣了半天："柯儿啊，咱为人处世要凭良心，不该拿的钱可不能拿啊！"

"阿爸，你想哪儿去了，你女儿的个性你还不了解呀，再穷也不拿来路不正的钱。我在这边做代购呢！一个月毛收入十几万呢，攒的。"李芃柯咯咯咯地笑个不停，"您不是一直都喜欢带院儿的房子么，我也喜欢。所以从前明村搬出来之后，我就一直想给您买一个同样带院子的房子住。啊……最好是能在院子里再种一棵枣树，这样我就能和小时候一样吃到枣子啦！阿爸，你说好不好呀~"

"好，你若是能早点儿回来一起住，那就更好啦！"李耕晨从未想到女儿的心里还藏着一个与他有关的梦想。

"阿爸，这都大半年过去了，也没几个月啦！"李芃柯一副开心的口气。

李耕晨听她这么说，心中也高兴起来，末了，又让芃柯和大呆说了两句，才依依不舍地扣了电话。

第二日，宋大臣陪着李耕晨去了一趟凤凰山庄，尽管他因价格昂贵犹豫不决，但还是选了一套装修别致的二手别墅。

不到一个礼拜，李耕晨收拾了几身换洗衣裳，带着大呆的一堆宝贝，就先住了过来。李耕晨买了一棵枣树在院子里种上，他又想起芃柯爱吃葡萄，爱吃樱桃，于是又搭了个葡萄架，种上了葡萄秧，栽上了几棵樱桃树和一排樱花树。

李耕晨算着芃柯今年也该回来了，所以这枣树和樱桃和樱花树买的都是两三岁的成苗，大呆看起来也挺喜欢的，每天都要把鼻子凑上去嗅一嗅，然后帮着李耕晨浇点"水"，主人夸它勤快得不得了。

李耕晨每天侍弄树苗，可以稍微活动一下筋骨，这别墅里的生活还算舒服。他给芃柯发了段录制的视频过去，院子里满是她喜欢的果树，等到秋天她回来的时候，一家三口就有枣子吃了。要是回来得早，葡萄大概也能赶上。在樱花盛开的季节，小院子的风景也一定是美得不行了。

李芃柯见阿爸高兴，她也开心，她埋藏在心里多年的梦想终于照进了现实。

李耕晨在别墅住了一个多月后，就渐渐地发现，给大呆讲柯儿故事的时候，这宽拓豪华的大房子反而让他的心空荡起来，没有芃柯气息的房子，他内心慢慢地空虚起来，他怀念起那个带着柯儿气息的六十平小房子的温馨来。

李耕晨想好了，等果树成活生长稳定了，他还是带着大呆住回开明小区的那套小房子。

32

蝉鸣声声的季节，那个摇头摆尾肆意撒欢的大呆似乎不见了。大呆趴在李耕晨的脚边，仿佛连呼吸都是一件很不容易的事。

以往，李耕晨给大呆讲故事的时候，一听到"柯儿姐"这几个字，它就陡然抬起头来，两眼炯炯有神地看着李耕晨。可是现在，它要停顿好一会儿才慢吞吞地举起低垂的耳朵，甚至有时候趴在那里一动不动，似乎这个世界与它毫无关联。

李耕晨心想，这大概是大呆已经老了的正常现象。毕竟，它也已经十二岁了呀，按着狗狗的寿命来计算，也的确到了听力视力都减弱的年纪。他自己有时都需要靠拐杖支撑才能好好走路了，更何况大呆呢。

此后，李耕晨照顾大呆越发细心起来，带它出去遛弯的时候，也特别留意它的精神状态，只要大呆不愿意走了，他就马上停下来休息一会儿，再把它抱回家去。

有一天，大呆原本竖着脑袋听李耕晨讲着故事，可听着听着，身子竟然毫无预兆地就倒了下去，一副疼痛不已的表情。

李耕晨吓了一跳，赶紧将大呆抱起下楼，在开明小区外拦了一辆出租车，直接奔往就近的宠物医院。

刚到医院，大呆居然又神奇般地站了起来，精神头看起来似乎与平常没有什么两样。李耕晨庆幸这只是虚惊一场。

他想，既然来医院了，就干脆给它好好地做一下全面检查，再让医生给大呆配一个有益于恢复听力的营养食谱。

医生拿着检查结果问："大伯，你的狗狗以前没有什么症状吗？"

"它最明显的症状就是越来越嗜睡，食欲不好，出气有时有点发臭。"李耕晨的心怦怦跳了起来。

"没有其他异常的不舒服的行为吗？"

李耕晨沉思半晌，说："有时会表情痛苦地在地上打滚。不过，这是最近这两个月的事。我觉得它是调皮玩儿的，撒娇什么的。因为它这样弄了一会儿就站了起来，跟没事一样。"

医生问："你没发现你这狗消瘦了很多吗？"

"我发现了。有段时间我住院出来后才发现的，它的肚皮有点往下坠的样子，我觉得这与它没吃好没睡好有关吧？"李耕晨说。

"嗯，是的，这就对了。我们确诊，你的狗狗已经是肿瘤晚期了。"医生有点遗憾地说。

"啊？什么？你说什么？"李耕晨惊呼起来。

"它的肚里长了两个肿瘤，已经扩散到全身了。"医生补充说。

"不可能，我不相信的。"李耕晨摇摇头平静地说。

"大伯，我只能把情况如实告诉你。"医生说。

"大呆，你不能这样，你不能这样。"李耕晨一把搂住大呆的脖子摇了摇，像受了委屈的小孩一样哭了起来。过了半晌，他又转头对医生说，"医生，有没有什么特效药？只要管用，哪怕贵点也没关系的。"李耕晨有些激动地拉着医生的手。

医生摇了摇头："我们除了安乐死的药和特效止痛药之外，真的没有其他办法。"

李耕晨一屁股瘫坐在地上，大呆慢吞吞地上去舔了舔他的手。

李耕晨感到自己的胸口也疼痛起来，他轻轻地捶了捶，说："给它打止痛的。"

医生准备好针筒、碘酒和药棉，让李耕晨按着大呆。

医生刚吹开大呆脖子上的毛，就要扎上去的时候，大呆忽然剧烈地挣扎了起来，李耕晨怕弄痛它，手稍一松，它便挣脱，翻身落地直接跑了出去。

李耕晨觉得这是大呆肚里疼痛的反应，担心它会发疯咬人，赶紧追了出去。

大呆远远不如以往跑得快了，一路上李耕晨还能勉强保持着可见的距离。

半小时后，李耕晨上气不接下气地停在了"迷尔宠物医院"的门口。推门进去，他看见大呆咬着金晶的白大褂"呜呜"地叫着。

金晶有些发愣。

"这多半是让你给它打针呢！"李耕晨难过地说。

"打针？"金晶问。

李耕晨把刚刚检查化验的结果递给金晶。

金晶又认真地复查了一遍，对李耕晨点点头："是这个结果。"

大呆十分乖巧地躺着一动不动，神情十分安详。

金晶红着眼睛，给大呆打了止痛针。

李耕晨谢过金晶，抱起大呆往回走，大滴大滴的泪珠落在大呆身上。大呆努力地抬起头来想要舔一舔主人的脸，不知是药物的反应还是身体不舒服，它抬了几次无果后，歪在主人怀里睡着了。

李耕晨抱着大呆，一路上想着与大呆那些点点滴滴的往事，拖着身子走了整整三小时，不由自主回到了那个六十见方的小房子。

之后的日子，大呆的身体以肉眼可见的速度衰弱下去。一开始李耕晨呼唤它，它也能努力地挣扎起来，朝他走近两步。可渐渐地大呆已经没办法再站起来了。李耕晨叫它的时候，它就费劲微微地抬头，摇晃一下尾巴。

金晶曾说，那止痛针可以管一个星期，大呆总共打了两针。

第三个星期的周二。

晚上八点十二分，屋外自然更替的天色没什么两样。

李耕晨的房间里。

大呆躺在李耕晨的怀中，像往常一样听着"阿爸"叙说着柯儿姐的故事。忽然，它吃力地将嘴拱进李耕晨的手心，伸出舌头来舔了舔，尾巴也吃力地摇晃了一下。

李耕晨屏住呼吸，心里忍不住地高兴起来。大呆已经好几天都没有这样动弹过了，这动作应该是病情缓解的迹象。

李耕晨紧紧地盯着大呆，希望它像自己时常想象的那样奇迹般地站起来。

大呆的头渐渐地沉了下去靠进李耕晨的怀里，像是某个炎热的午后蜂拥而至的瞌睡虫袭击了它，它的眼皮朝阿爸抬了抬，终究还是慢慢地闭了起来。

大呆永远地离开了它最爱的主人——这个姓李的糟老头子，它生命里最帅气的阿爸。

李耕晨没有流泪，他关上灯，房间里漆黑一片，他假装打着鼾声间歇性停一下，他想，大呆一定不愿意看到它的主人有生命危险，会像往常一样爬起来捣蛋，举着那黑黑水润的鼻头挠挠他的脚心……

李耕晨等了半晌，抱怨地说："大呆，柯儿姐的故事还没有给你讲完呢？你怎么能睡着呢？阿爸还没有跟你说，你的柯儿姐到底是怎么来咱们家的呀……"

老人颤抖着手，抚摸着大呆余温尚存的身体："你听着，不要睡着了，我还要接着给你讲柯儿姐的故事呢……"

李耕晨伸手把被子扯了过来，盖在大呆的身上，说："柯儿姐和你一样，都是捡来的呢。这是咱俩的秘密，你千万不要让柯儿姐知道哈。她跟你一样，比我的亲娃还亲呢，她跟你一样，也救了我呢。你知道吗，那是一个好冷好冷的冬天，阿爸料理完岳父的后事，就想跟你美丽的阿妈去团聚，你的阿妈也是在岳父过世的前一年带着肚子里的哥哥或者姐姐意外离开咱家的。阿妈离开后，阿爸只能靠药物维持睡眠和调节情绪，我好痛苦呢。因为我爱你的阿妈爱得好深呢……"

李耕晨咳嗽了一声，换了个姿势把大呆往胸前搂了搂，接着说："那天一大清早，我找到了一个深水湖，想着只有它才能一下子解决阿爸的所有痛苦，我把厚厚的冰面敲开了一个窟窿，阿爸正要跳下去的时候，听到了'嘤嘤'的哭声。我折回去一看，小花被里包裹着一个刚出生的娃儿，身上还有脐带的血迹，小脸儿冻得发紫，已经哭成了泪人儿。我把娃儿贴着胸口抱着直奔医院，心里想着，要是能救活，那她就是上帝派来救我的天使，要是救不活，寻死也不差这一会儿。后来呀，她在重症室躺了大半个月，几乎花光了你阿爸这些年攒下来的一点钱；后来呀就救过来了，阿爸也就高兴地活了下来。她就是你柯儿姐呢，柯儿姐让阿爸相信天阴了终究会放晴的。再后来呢，柯儿姐越来越有出息，又带回了一只可爱又贴心的小狗狗，她叫它大呆呢，可大呆聪明着呢，一点儿也不呆。再后来呢，柯儿姐还给阿爸买了大房子，让大呆和阿爸一起住了进去，可阿爸和大呆都喜欢这个小房子呀，小房子有柯儿姐的味道呀，再后来呢，阿爸就抱着大呆在床上睡觉呢……大呆……"

李耕晨碎念着大呆的名字，一直到天将破晓。

李耕晨抱着大呆站了起来，走到李苨柯的闺房衣橱里拿出了一条崭新的被子。这是李苨柯在大学的时候，用第一份做家教的钱给爸爸买的大蚕丝被。被子十分光滑柔软，但是李耕晨却一次也没舍得用，他是想留给苨柯回来后，天凉的秋天用的。

"大呆呀，这被子我就给你盖了哈，你看你那些天在雪松树下冻坏了，这个暖和，你在那边再也不怕冻了。"李耕晨边说边轻轻地裹着，"阿爸想好了，咱大呆就住在凤凰别墅的那棵大一点的樱花树下，等柯儿姐回来后肯定就会住那新房子了，咱一家三口呀再也不分开了，大呆，你可别跑呀，我们下辈子还要在一起的。我和柯儿姐每年都会等着樱花开，那是俺大呆的笑脸呢……"

大呆安详地躺在阿爸的怀里，两颗清泪从李耕晨的眼角滚了出来，"噗噗"地砸在被面上。

大呆的身子有些沉重，李耕晨吃力地抱了起来，又险些掉了下去，他扯过来一个床单结成绳环绕着裹在大呆身上的被子，然后挂在脖子上。

若在平时，此刻的时令早就亮了。可这连绵的雨天，小区还是黑压压的一片，围墙外微弱的路灯光亮映照着冷清的马路，偶尔会有车辆碾过路面薄薄的积水，溅起一片水花。

像去年台风过境时的天气，也一如十二年前大呆离家出走后那个心急如焚的雨夜。

266　遇见汪星人♡

李耕晨没有打伞，他小心翼翼地抱着大呆往别墅方向走去。密集的水珠从一头花白的发丝上滴下来漫过面颊，带走他眼角渗出的两滴浑浊的老泪。他模糊的双眼忽然看见地面上次第开放的樱花一直铺展到遥远的天际，欢快雀跃地大呆正从满天的云彩中朝自己飞奔而来……